現代文明的隱者

周陽山著

三民叢刊 74

三民書局印行

獻給

傅偉勳教授

序

周陽山

這本書對我個人而言，是近年來最特殊的一本著作，因為它的內容與主題，多以文學、藝術、電影、音樂為主，和我近年來主要從事的政治學研究及政論撰述工作，迥然而異。但是，正由於它的主題的特殊性，本書撰寫的過程最為艱辛，也耗費了較多的時間和精力。

本書中各篇文章撰寫的時間，前後差距達十年之久。從大學時代撰寫的報導文學、散文，到旅美期間為《中國時報》、《時報周刊》（美洲版）撰述的影評、樂評及書評，再到返臺任教時期所寫的音樂評論文字，可說是經歷了不同的環境與生涯，寫作的心境與文字的掌握，均有極大的差異。現在，重讀當年的舊作，除了年少時的青澀回憶外，也深覺自己對文字的掌握，已是今不如昔。這也是筆耕多年的我，應該深自警惕的。

或許有人會好奇：一個專業的政治學者與政論作家，怎麼會搞起樂評、影評之類的工作呢?其實,觀影與聽樂一直是我過去多年最主要的工作,也花費最多的時間、精力,而走上政治學研究與政論撰述這條路,則多多少少是因緣際會,偶然的成分居多。過去我曾在紐約居住八年之久,主要的任務之一,是在美洲版的《中國時報》和《時報周刊》(現已改名為《中時周刊》),擔任主筆和記者工作,由於紐約文藝環境特別優越,因此,除了政治新聞的採訪與政論的撰寫之外,採訪影劇、音樂與其他文化活動,也成為主要任務之一。再加上紐約新聞界的關注焦點,本來就是多樣性與多元化的,與臺北的泛政治化氣氛,頗不同調。因此,整個文化與知識環境,就與當前臺灣社會的氛圍迥異了。因之,儘管回到臺灣教學、研究已有六年的時間,我每年還是要回紐約住上一段日子,聽聽音樂會,看看電影,好恢復自己的文化活力。最近我曾做了一項不完全的統計,十年來在紐約一共參加了五、六百場的音樂會(民謠和古典為主),也看過四、五千部的電影,聽過逾萬張的CD及唱片。花了這麼多時間和精力在音樂和電影上,以域外人的角度寫一些相關的論述,也就不是什麼特別新鮮的事了。

不過,雖然散文、影評、樂評均是我目前專業工作的「行外」任務,但在當年的紐約筆耕生涯中,卻是主要的職分所在。在本書中所保留下來的,多是其中較不具時間限制的作品,其他許多更具新聞性,也受時效性限制的文字,則只有隨時間淘汰了。所幸的是,從去年開始，我再度開始音樂評論的工作，對世界各地的民族音樂做系統的引介。這項任務，對我的知識、學問及耳力，都是一大挑戰，我也沒把握能在短期內完成。不過我倒希望今後的樂評能在文字上趕上早年寫散文時的水平，而不要陷入寫政論文章時「急就章」的困境，讓自己再覺汗顏。

除了樂評與影評外，本書也觸及到許多有關新儒家、鄉建運動及傳統主義的主題，並透露了我對「文化保守主義」的看法。近年來我個人的學思方向，與上述的主題並不同調，但其中抱持的敬意與肯定態度，基本上仍然一致。我將這些文章保留在本書中，除了記錄年少時的心路歷程外，也希望自己以後能再花一些學術工夫，重返新儒家與傳統主義，並做出一些嚴肅的研究成果。

這本書代表著我從大學到研究生時代的一段學思過程，憑良心講，花費的工夫是最大的，但不成熟——也最純真——之處，則保留最多。我相信這一段歷程，對我自己學問及人生方向的影響，將是最為深重的。

在出版本書之際，我要特別感謝當年在《中國時報》的長官和同仁，以及紐約的朋友，包括俞國基、周天瑞、黃肇松、杜念中、馮光遠、鄭心元、魏碧洲、李安、蘇宗顯、楊澤、孫中興、葛安台、金維純、徐文瑞、余維忠等。也要特別感謝吾妻良瑩，一齊與我走過了紐約豐富而艱辛的歲月。

最後，我要將本書獻給費城天普大學的傅偉勳教授，並紀念十年來與傅先生亦師亦友的問學歷程。

民國八十三年春於臺北

現代文明的隱者

目　次

卷二 聆樂心情與觀影經驗

卷三　紐約對話

卷一

野草莓的聯想

現代文明的隱者

一九八二年春夏之交，我初訪賓州名景長木公園（Longwood Garden），在園中巧遇一羣穿著古式素服的青年男女。他們的臉上有著在西方社會青少年中難見的清純樸質，衣服清一色是黑、灰或淡彩的淨色系列，女孩的頭上別著白色的布帽，男孩則一律著黑帽或草帽，其中較年長者則去鬍留鬚。在衆多的遊客中，這支清純的隊伍特別引人注目。一經探問之下，才知他們正是多年來我一直想探訪的阿米許（Amish）人。此後的五年間，我多次尋訪賓州各地的阿米許社區及其族人資料，也逐漸的從一個異文化的探尋者，轉而從同情了解的角度做知識性的探討了！

探訪阿米許的經驗是特殊的。凡是看過《證人》（Witness）這部電影的觀衆都會有這份好奇，但唯有親訪阿米許社區及其史料，才能撥開自己先入爲主的成見，開始與阿米許文化進行眞正的對話。在我自己的生活範圍內，最方便的，就莫過於造訪賓州東南的阿米許社區了。

從賓州東南角的費城啓程，阿米許社區只有百哩之遙。一出費城，綠色的賓州大地就在公路旁蜿蜒起伏。往蘭卡斯特（Lancaster）的三十號與三四〇號公路旁，夾雜著老式的農莊和新式的郊區化聚落，環境頗見幽致。一兩小時之後，一連串新奇的地名開始吸引著過路的客旅：春園（Spring Garden）、白馬（White Horse）、鳥在手中（Bird-in-Hand）、煙城（Smoke Town）和天堂（Paradise）等。接著，一輛輛黑色的馬車出現了。如果你停下車來，往路邊的農莊市集走去，一幅幅夢幻般的場景，就在你的眼前如實的開展。一羣羣穿著十八世紀裝束的黑衣婦人，圍著白色、黑色的頭紗，伴隨著蓄鬚（但不留髭）、著黑帽和吊褲的中年男子，在你的周圍緩緩的出現，當你正以新奇疑惑的心情走過街頭，踏入農市時，夾著濃重的德國腔的英語又在耳邊揚起。靦覥、清純而樸質的少女，穿著和他們祖先相同的服飾，守著桌上的燻肉、乳酪、果醬、雙黃蛋和水果酒，微笑的等待二十世紀文明客旅的造訪。

這裏是賓州阿米許人的天堂，蘭卡斯特也是全球阿米許人的首府。在這裏，你將體會到北美阿米許文化的眞髓，看到一個三百年來，始終堅持農耕文化、棄絕現代文明，過著和耶穌基督當年一樣清淡生活的樸實族羣的生活眞貌。

阿米許人又被稱做平實人（Plain People）。從嚴格的分析角度看來，他們卻不能被稱爲一個獨立的民族。阿米許人乃是來自歐洲（尤其是瑞士）德語區的一羣特殊信仰的基督新教徒。我們可將其視爲一宗教社羣，只是由於宗教信持的差異，他們的生活方式與一般的新教徒相當不同，貌似另一獨特之民族。但是他們畢竟不同於猶太人在西方的處境，因爲阿米許非但是基督文化中的一支（猶太教卻不同於基督教），而且可說是其中最嚴格力行基督遺訓的純眞教派。

阿米許是十六世紀興起的基督教新教再洗禮派（Anabaptism）的一支後裔，當時這一教派主要以歐洲中部德、荷語區爲範圍，持續至今一共有三個重要分支，卽荷蘭裔與普魯士裔的曼那耐教徒（Mennonite）、奧地利的賀特立兄弟會徒（Hutterian Brethren）與瑞士兄弟會徒，阿米許則是瑞士這一支系統的一脈後裔。但由於他們與曼那耐人聚居在一起，生活方式相近，而且祖先係經德、荷等地遷來美國，因此很多人將他們誤認爲荷蘭後裔，賓州蘭卡斯特郡就曾以荷蘭郡（Dutch County）的俗稱出現。

由於阿米許人是主張基督徒成年後才應接受洗禮的再洗禮派的後裔，而再洗禮派在當年是反文化的異端，宗教信持與羅馬公教及各國國教系統迥異。再洗禮派認爲，原罪乃是伴隨善惡的知識而來，由於嬰兒並不具備這種知識，也卽無所謂原罪（Sin）可言，因此嬰兒並不需要接受洗禮（baptism），以袪除原罪。這種在宗教改革下重新解釋《聖經》的思潮，無法見容於當時的教皇權威與各國的政府當局，乃對之施以各種壓迫。阿米許被視爲邪魔鼓動下的反社會異端，面臨了長期受逮捕、囚禁、驅逐和處死的噩運，其中許多人更慘遭火刑處決。由於這一原因，阿米許人爲了紀念先人，後來不再穿染紅的衣服，而多以黑色、藏青和素樸的淡色系爲限。

除了對洗禮的宗教解釋不同於基督教正統外，阿米許人對基督徒的生活方式也有特殊的解釋。他們認爲，耶穌基督當年過的是清苦、寡慾、簡單、合羣與奉獻的宗教家生活，做爲一個眞誠的基督徒，也應返本溯源，過著同樣刻苦簡樸的生活。因此，他們在過去三個多世紀以來也一直堅持著昔日的生活方式，摒棄科技文明的洗禮。他們拒用電器、拒乘汽車、拒絕現代化的教育系統，甚至拒用耕耘機犂田。他們堅持以舊式的馬車代步、用馬耕田、用手織衣（有的甚至不用鈕釦）、以人力手工建築農莊屋舍（通常是由整個社區的男人一齊合作建造完成），甚至用自製的洗衣機洗滌衣物。

阿米許人可說是當代最能幹的農夫，他們出售的各種農產品（包括各種食品、家具）以品質純正、絕不含人工作料或合成品而享譽遐邇。阿米許人以家庭與社區爲生活中心，協作農耕，充分享受到平等主義的社區和諧精蘊。近年來賓州與紐約州等地曾發生過龍捲風災害，各地受害農夫正等著保險公司派員調查賠償，以便僱人重整家園時，從不參加保險的阿米許農莊，卻已在災後一兩天內，通過羣策羣力的協作方式，在社區整體努力下復建了受損的田舍。這種傳統社區集體主義的效率，終究是現代企業官僚體系下的分工原則所無法比擬的，也是機械文明薰陶下的現代人，所不易體會的。

阿米許人不實施節育，每家通常有八、九個小孩，人丁旺盛，這在農業社會自是好事。而且這也是阿米許人所以能在現代文明威脅下，人口不減反增的主要原因。

依據研究阿米許的學者的統計，在賓州、印地安那州和俄亥俄州三個主要的阿米許聚居區裏，一八九〇年代的總人口約爲三、七〇〇人，以後每一個世代（十年）裏，人口約成長百分之三十到四十八之間，到了一九七〇年，人數已有五七、六〇〇人，一九七九年，更到達八五、七八三人。八萬五千人這樣一個數字，在美國二億多總人口裏當然微不足道，但它所顯示的文化意義，卻非同小可。

這一方面固要歸功於阿米許人拒絕節育的宗教信持，使其人口成長驚人。另一方面，阿米許社區的強固凝聚力，以及自給自足、自力更生的經濟條件，都足使這個特殊的宗教社羣得以綿延不輟。

目前阿米許在北美洲的分佈，除了賓州的蘭卡斯特郡外，俄亥俄州的赫姆斯（Holmes）

郡和印地安那州的俄科哈特（Elkhart）郡是兩個最大的聚居區，阿米許人口均達到兩萬以上。另外米蘇里、伊利諾、愛奧華、威斯康辛和加拿大的安大略省等地，也各有兩千左右的人口。再者，紐約、馬里蘭、密西根等地，也有一千多位阿米許人。

在職業分配方面，阿米許人中有一半以上務農，其餘三、四成左右則以工匠、建築工、鐵匠和買賣等爲業，服務對象則多以阿米許社區爲主。另外，近年來到阿米許社區參觀的觀光客日多，社區外圍乃設立許多以阿米許農莊爲模型的遊樂場及農市，售賣各種農業品和工藝品。由於參觀者日衆，他們的生計也日有改善。生活型態雖仍維持舊觀，但新舊文化間的衝突卻也日益明顯。

最具表象的文化衝突，就是在公路上相映成趣的馬車與汽車了。過去由於阿米許田莊偏處山野之中，與外界少有接觸，一般美國人多只聞其名而少見踪影，但近年來由於美國各地郊區化趨勢日速，許多外地的建築商開始將觸角伸入了阿米許的社區，日益增多的汽車也開始威脅到阿米許人的安全。由於車禍日多，駕著黑色馬車（carriage）的阿米許人，乃在車後掛上了螢光的「△」三角讓行標誌，提醒著汽車文化的駕駛人，儘可超越他們，但也請注意到馬車文化的脆弱，不要輕易讓機械文明威脅了他們的安全。

雖然馬車文化相對於機械文明而言是脆弱的，但阿米許文化能堅持兩三百年，畢竟有其的特長。究其因，和諧的親子關係、協同的社羣意識、簡單的物質慾望和純樸的世界觀與宗教信仰，都讓阿米許的下一代生活在一個安定而溫馨的社會與人倫關係中，使他們能持續的傳遞著先人的宗教規誡和倫理典範。這樣的倫理秩序與生活方式，是長期在電視文化、科技文明和消費主義環境裏成長的當代人所不易接納的。當然，也有一部分（約百分之二十）阿米許人敵不過現代文明的誘引，而終於離開了阿米許社區（或遭到社區的驅逐），並同化於現代化社會之中。但一般而言，阿米許文化的傳遞與維持還是相當有效的，在現代化巨人的陰影下，一個完全棄絕燈光電化利便的宗教社羣，能繼續著兩三百年的人口成長與社區的穩定和諧，畢竟說明了現代化的科技文明，並不是所有人類的理想所在。

阿米許家庭由於以農耕文化爲核心，再加上不使用暖器設備，除了廚房以外，冬天室內多寒冷，因此他們培養了早睡早起（八點睡、四點起）的習慣。再加上他們的一切生活設施，包括播種、耕作、農田引水等，都採用傳統手工設備，也必須經由教育方式傳遞給下一代，因此，阿米許人不但特別勤勞，對下一代的訓練也特別重視。但這種訓練卻又完全不同於現代化教育。基本上，他們並不主張讓孩童學太多的書本知識，相反的，生活化的教育、合羣的意識和堅定的宗教信持才是最重要的。

阿米許人口操賓州式德語，但也學習英文，他們實施獨特的八年制教育，八個年級的孩子同處一間教室，由一位老師同時施教。教師是終生以教書爲業的，他們要孩子了解到謙遜的美德、簡單化的生活和對神的信仰這些基本價值觀念的重要性，同時也要使其了解權威與責任之間的關係。由於一間教室裏有各種不同年紀的孩子在一起上課，他們乃能在以長携幼的互助基礎上，體會到社羣生活的價值。這種教育方式，與現代化的學校教育系統完全不同，因爲後者是以學術成績爲主要取向的。雖然差異頗鉅，但美國的社會體制終究還是尊重阿米許人的價值觀。一九七二年，最高法院正式承認了阿米許獨特的教育制度乃是合法而正當的。

除了家庭和學校之外，教會也是阿米許人的生活凝聚中心。不同於其他基督教派的教堂制度，阿米許人省略了許多教會的繁複規制，他們不用樂器伴奏唱詩，不設單獨的教堂，每隔一周的星期日早上，他們都會在同一教區的教友家中舉行傳道儀式（Preaching Service），儀式從早上九點到下午，包括午餐和互訪活動，時間雖然很長，但由於阿米許人的社區生活與宗教生活本來就不易劃分，這樣的宗教儀式自然更增長了社區的凝聚力。

阿米許社區的形成正是以這種教區爲中心的。教區少則包括個位數的幾個家庭，多則上百成千。過去三百年來，阿米許人不斷從蘭卡斯特遷出，現在幾乎已遍至北美各地，正是藉著這種由教區爲中心的聚落而維繫著社區的發展。如果缺乏這樣的宗教社羣中心，一個孤處在現代化社會裏的阿米許家庭，當然不易擺脫最後由同化而消失的命運。阿米許之所以應該被定義爲「宗教社羣」，其中最重要的歸因，正在這裏。

阿米許文化對於知識界的最大吸引力，乃是它在強勢文化包夾下不絕如縷的頑強生命力。費城天普大學的人類學者荷斯特德勒 (John Hostetler) 在過去三十年間一直研究阿米許社會的變遷，並在一九八〇年出版《阿米許社會》(*Amish Society*, Johns Hopkins University Press) 一書的第三版。這本書早在一九六三和一九六八年就出過早先的版本。依據當時社會科學界當道的現代化理論，許多現代化派的論者認爲，阿米許的拒斥現代科技文明，只是一種暫時的現象，這種文化很快的就會淪爲歷史與考古的遺產。許多社會科學家甚至斷言，阿米許社區在二、三十年間就會被主體文化所吸納，終至消失殆盡。

但是過去幾十年甚至幾個世紀的歷史證明，阿米許社區及其文化非但未式微，而且人數不減反增。無怪乎荷斯特德勒這位研究者仍要一版接一版的重新修訂他的著作。這不但說明了部份現代化論者的獨斷偏頗，而且也清楚的告訴我們：傳統文化向現代文明進行對抗，並不一定是一敗塗地的。基於對文化傳統的主觀信心，再加上合適的經濟、社會與教育條件，仍可讓一支反現代物質文明的傳統文化，綿延不輟。

當然，阿米許文化畢竟是在這場抗爭中少見的倖存者，在過去數百年西方主體文化的侵凌之下，世界各主要非西方文化多已宣告戰敗。北美各地的印地安文化幾乎要滅絕了，非洲各地也早在殖民文化的陰影下不得不走上西化的道路。在亞洲，西化也早已是既成的潮流，五四的反傳統及全盤西化論正可做爲此一潮流的標誌。而在五四已逾半個世紀之後的今天，仍是塵埃未定。在中國大陸最近重又掀起全盤西化的論爭，這一方面說明了西化論本身的困境，同時也說明了各種不同文化之間的衝激，目前還難一決優劣勝負，持續的論爭也不會與時稍歇。

當然，阿米許文化給我們的最大啓示，並不應止於一種返本的主觀嚮往而已。在現代化潮流的激盪下，許多揚棄工業化與都市文明的傳統主義者與保守主義者，都曾提出過「以農立國」、「回歸自然」或「反都市文明」論之類的觀點。而在一九六〇、七〇年代以後的西方，由於對過度工業化、人工化的反動，也曾掀起各種自然主義、綠色運動與生態主義的政治與社會浪潮，其中綠黨的崛起尤其引人入勝。但是，從我個人角度看來，阿米許文化應該還有超越這一層的深刻反省意義。

阿米許是西方社會中反現代文明的成功生存者，這一方面說明了現代化與西化（或反現代化與反西化）乃是兩件不同的事情，不應混同；同時它也說明了在現代科技文明之外，還有許多屬於西方卻反主流的歷史與文化經驗，亟待我們發掘深思。這也明白的告訴我們：在各種不同文化之間的對話，本來就應是雙向、多面向與辯證發展的。整體的反傳統與單純的全盤西化論，這種單向的思維理念，非但不必要，而且是極不可能成功的。因爲無論我們如何痛惡自己的傳統文化根柢，或者一心一意要泯除傳統的「封建餘孽」，但是我們卻永遠無法把自己跟傳統隔成兩橛。事實上，就在我們批判自己的過去這一刻時，我們的情感、知識經驗與思維模式，還是相當程度的受到自己的歷史與傳統所制約。

過去幾年裏，我曾在北美許多地區，看到一些第一代的華人移民，由於對傳統中國文化與既成政治權勢的痛惡，拒絕讓自己的子女接受華文與國語教育，以期與自己的過去一刀兩斷。但是，卽使第二代華裔失去了由語言入手而接受文化傳承的機會，但家庭中的親子關係、教養方式與各種社會化媒體途徑的洗禮，仍會將華人的文化習性傳遞給不通華文的第二代。舉例而言，華人家庭對子女教育的高度重視，家庭中的傳統式人倫關係（無法眞正做到西方式的平等，以及父母對子女的多方管束，此均與一般白人家庭相當不同）等，亦顯示了傳統習性實在是很難眞正割絕的。

從這樣的觀點看來，主張反傳統及全盤西化的中國人與珍視傳統的阿米許人之間，的確是大異其趣的。但在主張反傳統論的中國人中，對阿米許這樣樸質單簡的農業文明，卻可能不會有太高的興趣。反而是，對許多懷舊的中國人與廣衆的中國農民而言，阿米許文化的執著堅毅，卻彌足珍攝。它使我們了解，單簡的物質慾望、和諧的人倫關係與自足協作的社區倫理，可能還要比消費主義、商業競爭和拜物教所主導下的科技文明，更能使人們獲得安身立命之所。

但是，不管阿米許文化對現代文明有多大的抗拒力，我們不應該忽略阿米許人，還是有許多自己的問題。在拒斥強勢文化衝激的過程中，阿米許人中仍然有許多人選擇了聲光化電，最後並離開自己從小長大的社區，開始面臨現代化社會的人間冷暖。這不由得也使我們想起長居臺灣山區的原住民，他們今天所面臨的文化崩潰、社羣解組，不正也是強勢文化衝激下的無情結局嗎？而從一個更廣的角度看來，傳統儒家文化在西方現代文明的衝擊下呈現的花果飄零，豈不也是類似命運的不同寫照？

但是，阿米許文化畢竟還是不同的。它告訴我們，依賴起碼的經濟與物質條件，一個民族或社羣畢竟可以主觀的堅持自己的理念與信守，對客觀的外在世界做一調適與反省。在這一調適的過程中，它可以全然捐棄自己的傳統根柢、可以有條件的修正自己過去的文化習俗、也可以堅持自己的文化方式，繼續活在古老而新生的傳統裏。在當今世界中，日本文化就是成功的修正圖存的範例，它在兼顧傳統與現代文明的努力中，已獲得了舉世矚目的成就。在堅守傳統的範例裏，阿米許則是少見的成功者。至於全然主張反傳統與西化而成功的事例，則至今罕見。中國近代史上歷次的文化論爭，以及因文化理念差距所導致的革命風潮，均說明了全然拒斥自己文化傳統根柢的思維模式與革命宏圖，畢竟是得不償失的。今天，中國人在百年劇變之後，仍然在爲如何走出自己的現代化道路而掙扎奮鬥，無論其成敗如何，但有兩點是可以肯定的：文化是無法全盤移植的，人與傳統乃是無法割離的。過去的近代中國人已爲此一教訓付出了太多的精力與血汗，曾不知，此一困境是否會繼續桎梏著另一代的中國心靈？

下一次，如果你有機會經過賓州或俄亥俄等地的阿米許社區，請不要忘了，那些乘著馬車的黑衣人，他們所堅持的農業文明，也是我們祖先幾千年來曾經固守過的傳統。今天我們或許已無法再向他們一樣繼續固守著自己的傳統和大地，但是，請向他們致敬，請不要投以輕忽的眼神，他們不是博物館裏的化石，更不是現代動物園中的異類——他們是現代社會中罕見的堅毅卓絕之士，他們所代表的乃是：我們的近代祖先和我們自己曾經嚮往過，但卻未能實踐的傳統與理想。

《中國時報》民國七六年十一月十六日

梁漱溟和他所處的時代

梁漱溟先生誕生於一八九〇年代的中國，歷經晚清、民國與中共三代統治；周旋於軍閥、國民黨和中共領導人之間，經歷了坎坷的一生，最後以九五高齡告別他一生鍾愛的故國。在當代新儒家之中，學問工夫超過梁氏者所在多有；但一生以行動者自任，並在政治改革與社會實踐上躬行不懈的儒者當中，卻以漱溟最爲表率。多年前，以研究梁漱溟名世的芝加哥大學中國思想史家艾愷（Guy Alitto）曾以「最後的大儒」(The Last Confucian)稱述梁氏，若從預言的角度觀察，「最後的大儒」或許言之過早，也難下判斷。但從兼顧尊德性、道問學與言行如一的儒家標準看來，稱漱溟爲當代最重要的大儒，恐不爲過。

從外表看來，漱溟一身傳統長衫，貌似老儒，又言必稱儒學道統，某些人不免視之爲守舊的冬烘先生。但若從漱溟個人的學知歷程看來，他卻是自小入洋學堂，廣習世界知識（他自承一生從未誦讀四書、五經，雖然曾看過），並以梁啓超爲摩習對象的現代化洗禮者。但後來他又視革命爲正途，以立憲改良主義爲無用。革命成功後又因目睹民國亂局而生倦意，面臨生命意義的危機，並試圖自殺，最後終而歸依佛門。這段由西學而佛門的掙扎歷程，一直到一九二〇年以後才平穩下來，梁氏逐漸肯定中國文化與儒學的價值，以後一生中也一直以實踐與弘揚儒學自任。漱溟曾在山東鄒平論甘地精神時自敍，他和甘地一樣，都曾入出西方文化，以爲治民族之病非倣傚西學不可，但最後卻發覺與東方全不接近，終而一點點地回到自己的傳統文化中去。

在《桂林梁先生遺書》卷首，梁氏自敍：

> 漱溟自（民國）元年以來，謬慕釋氏，語及人生大道必歸宗天竺，策數世間治理則矜尚遠西；于祖國風教大原，先民德禮之化，頗不知留意，尤大傷公之心。

後來，在一九七四年寫就的〈我的自學小史〉一文中，漱溟更指出其實非始自民國元年，而早在辛亥革命時，他父親梁濟（字巨川）就已明示對他支持革命的不同意態度了。辛亥革命成功後，黨爭激烈，丑劇頻仍，巨川深爲不滿，但漱溟仍嚮往西方政制，以爲此爲勢所難免，並因此與巨川激烈爭論。由此可知，漱溟並非一流俗所謂的保守派或守舊派，相反的，他是在眞正了解當時西方文化與中國情勢的扞格不入，以及親嘗佛家遁世經驗後，才重新肯定儒家文化的價值，並且嘗試以傳統的方式來實踐改革的理想（如鄉村建設運動）。由此觀之，漱溟乃是以文化傳承爲主要歸趨的傳統主義者，我們或可稱其爲文化守成主義者，卻不應將其簡單的視爲守舊派或食古不化者。

漱溟常謂他「不談學問而卒不免於談學問」。他一生以實踐自任，與一般的學問家與事業家均不相同。從他一生的際遇與出處看來，後人實在很難以一個固定的身分、稱號來界定他。事實上，漱溟正是一個不願將自己拘限在一特定格局中的行動者。我們從他一生的經歷中，可以獲得證實。

漱溟是元朝宗室之後，雖有蒙古族血統，但家族經歷數百年與漢族通婚，早已不似蒙人。漱溟雖出生於北京，但先祖卻是廣西桂林人，而他自認兼具南北兩地氣質。他生於一八九三年，翌年中日甲午之戰爆發。五歲時，光緒變法維新，有著維新思想的梁父巨川先生，送他進兼修英文的「中西小學堂」，以後他一直就在洋學堂中唸書，習西式的小學課本而不懂四書五經。

一九一一年，漱溟年十八歲，讀日人幸德秋水著（張繼譯）《社會主義神髓》，有感而作〈社會主義粹言〉（後無留存稿），激烈反對私有財產制。一九一二年，他參加革命，加盟同盟會京津支部，並任革命報刊《民國報》編輯及記者。一九一六年，袁世凱帝制失敗，漱溟出任南北統一內閣司法部秘書，同年，撰著發揮佛家出世思想的〈究元決疑論〉，爲北大校長蔡元培所賞識，應邀至北大教授「印度哲學」。第二年，漱溟以廿五歲英年，學歷僅中學畢業的身分，正式出任北大教授，同時並因目睹南北軍閥戰禍，撰寫〈吾曹不出如蒼生何〉，呼籲制止軍閥內戰。

一九一九年，五四運動發生，漱溟開始與另一位新儒家代表人物熊十力交往，同年出版《印度哲學概論》。次年又開始「東西文化及其哲學」演講，後結集成册，重新肯定儒家的價值及孔子的生命與智慧，他通過宋明儒學的進路以彰顯儒學，爲日後的新儒家闡揚宋明儒學的道德理想，開拓了先機。漱溟反對當時五四所主張的全盤西化與反傳統思想，更反對以摧毀民族傳統文化而換取國族生存的五四思維路徑。他從比較文化的角度出發，認爲西方文化的特色在意欲向前，以直接改造局面爲旨。印度文化以意欲反身而向後要求爲其根本精神，而由於欲望出於衆生的迷妄，因而要否定欲望，否定衆生生活，亦卽否定人生。至於中國文化則肯定人類不同於其他動物，嚴天理、人欲之辨，亦卽肯定人生而節制欲望，亦卽以持中的精神調和意欲。這三大文化的基本異同，因梁氏的分析而彰顯，雖然這種分法粗枝大葉，久已爲當代學界所非議，而且也常爲後人所批評。但在五四當時，提出上述的觀點以顯揚中國文化的獨特價值，對於當時以反傳統與全盤西化爲職志的五四青年而言，卻有積極的警策意義。可惜的是，在五四當時的氛圍之下，西化派青年對傳統文化棄之而不覺非，因而漱溟當時的睿見並未引起積極的反響。一直到六十年代後，當新儒家在港臺與海外重受矚目之際，梁氏的文化觀才再受時人的重視。

漱溟認爲，儒家爲早熟的文化結晶，雖頓挫於現代，但卻終將復興於未來世界。他的基本論點與學思進路，頗似於後期的新儒家。但他與後者最大的不同，卻是後者多駐足於學界之內，影響力僅及於知識圈，而漱溟卻不斷在外在事功方面力圖建樹，他的鄉村建設運動，以及他的鄉建派政治行動，正是在這方面的努力嘗試。而此二者與他的文化理論建構，鼎足而三構成了他一生努力的主要內涵。時人談論梁氏，多僅及其一而未及其他二者，無論其中對梁氏評價如何，這種偏向總是有所缺憾。因而在本文以下的討論中，我將就他在社會運動與政治行動上的努力，多做析論。

一九一八年一月，漱溟的父親巨川自沈於北京城北積水潭，他在留給家人的遺書中，自言乃爲「殉清而死」，但他進一步解釋，他的身殉，並非以清朝爲本位，而係以幼年所學爲本位，而「幼年所聞以對於世道有責任爲主義，此主義深印於吾腦中，卽以此主義爲本位，故不容不殉。」當時社會學家陶孟和認爲，巨川的自殺係因自己思想不清與對現代政治無知所致，但是另一些受西化派影響的知識份子，包括陳獨秀和徐志摩等，卻能從同情了解的立場看待此一事件。志摩認爲，巨川的自殺乃是由於精神層次上的某種感召或呼喚（或稱之天理，或稱之義，或道德範疇等），而激發的自覺行動。獨秀則認爲巨川總算是「爲救濟社會而犧牲了自己的生命，在舊歷史上眞是有數人物……言行一致的……身殉了他的主義。」當時漱溟對此事雖極爲悲慟，並崇敬他父親卓然獨立的道德精神，但他也認爲巨川的自殺乃因精神耗弱與缺乏新知所致。（關於巨川的自沈，請參見林毓生先生的精闢分析——〈論梁巨川先生的自殺〉一文。）此一自沈事件，對漱溟的影響自然是深重的，許多人認爲它對於一九二〇年漱溟皈依儒家，亦有深遠影響（至於影響到底多大，則有不同看法〔注〕），但其中最顯著的一點，則是漱溟日後一生言行一致的實踐態度。只是，和巨川不同的，漱溟是身「獻」而非身「殉」了他的主義。但他和巨川所秉持的儒家思想卻是相似的，亦即以道德敎化來保存中國的價值。而且漱溟最後也獻身於巨川所曾小規模嘗試的一項努力——將教育理論應用到鄉村建設中去。梁氏父子對儒學教化的堅持，在近代中國確是少見的。

一九二二年，漱溟開始試驗他的教育理論，他組織一小羣學生爲讀書會，希望結合師生，以實現儒家傳統師生結社的親密作法。但他終而厭倦了西化教育下只圖功利的教學環境。一九二四年，他辭去北大教席，到山東主持曹州高中和重華書院，並籌辦曲阜大學。第二年，因時局變化，漱溟回到北京，與熊十力等做私人講學。北伐成功後，他應李濟琛等邀請赴廣州。他認爲，中山先生的憲政理想應以地方自治爲基礎，而地方自治又應從鄉村建設入手，進而籌辦鄉治講習所。一九二九年，漱溟離廣州，赴上海昆山、南京曉莊、河北定縣等地考察各地的鄉村建設工作。並籌辦河南村治學院，也接辦了北京《村治》月刊。但不足一年，村治學院即因蔣、閻、馮的中原大戰而結束。

一九三一年，漱溟應山東省主席韓復榘之邀，在山東鄒平創辦鄉村建設研究院，並以鄒平爲鄉建實驗區。一九三三年，第一次全國鄉村工作討論會在鄒平召開，漱溟強調，當今中國之亂，係由於外來文化所侵，引發了中國傳統文化激變，使往昔之社會組織構造，節節崩潰。若要求治圖安，則非從鄉村建設以奠立其根基入手不可。這次會後，山東省又劃荷澤縣爲實驗區，第二年，再劃山東濟寧專區十四縣爲實驗區，以推動漱溟的文化與教育理想。

漱溟將鄉村建設視爲帶有宗教意味的羣衆運動，他希望從教育途徑著手，恢復民衆的道德共識與精神能力。但是他的教育改革與鄉村建設的共同對象並非羣衆本身，而係青年知識份子。他們扮演著儒者與專家的雙重角色，一方面擔任學校教師，另一方面又兼爲地方幹部。這些幹部和當地的德行之士結合，辦理學校、改良風俗、組織合作社與地方自衞隊，並推廣識字運動。因此，梁氏的鄉村建設乃是結合著教育、經濟和政治等多重功能的，一方面它以復興儒家禮俗爲目的，另一方面也兼負著現代化的社區組織功能。

漱溟的鄉建運動，雖以改革鄉村社會結構爲目的，但實以振興傳統文化爲主旨。與當時的另一些鄉村改造運動，如晏陽初的平民教育運動相較，鄉建運動顯然擔負著較多的傳統使命，也特別強調復興儒家的文化理想。相反的，陽初的平教運動雖然同樣以教育及識字途徑入手，卻是以平民大衆爲對象，並藉教育手段啓蒙大衆、引進現代化的農業技術與經理知識爲主旨。換言之，漱溟乃是以「作之師」的態度推動鄉建運動，而陽初卻以「向平民求教」的態度試圖眞實的了解農村困境的癥結。兩人改造鄉村的企圖相似，但卻手段各異。相較起來，受西化與現代化影響較深的晏陽初，顯然更能掌握農村問題的脈絡，而且對農民生計及農村秩序的改善，提供了更直接的助益。而漱溟雖以行動人自任，但由於他對自己信仰體系的堅持，使得他在農村困境的因解上，反不如另一些更受西化影響的知識份子來得眞切。

但是漱溟的用心無疑是令人感佩的。雖然漱溟的鄉建運動終因抗戰爆發、北方離亂而告失敗，但以平民教育與農村現代化爲宗旨的平教運動，也因同樣的時代環境因素而未竟其功。此一無奈，或可視爲漱溟一代眞知卓見的知識份子的共同悲哀吧！

多年前，我在紐約拜訪年邁的晏陽初先生，提起半世紀前的平教會的努力，晏先生猶握緊著拳，堅持著他當年「除文盲，作新民」的理想。同時他對當年與他同道而平行的漱溟先生，也表達了深摯的敬意。於今，漱溟已告別了故國大地，陽初亦已仙逝他鄉。兩人生於同代、理想相近而命運各殊，除了際遇相異、背景多歧等因素外，兩人對政治問題的看法，恐爲其中最主要的成因吧！

基本上，晏陽初是一位非政治人物，他堅持將平教運動限制在社會運動的範疇裡。但梁漱溟則因亟於改造外在環境，知其不可而爲之的態度，而一直涉身於政治之中。雖然漱溟一直是以拯救國族危難，復興傳統文化爲其從政的原則，而與一般政治人物大相逕庭，但也正因他本非政客，故而在政治問題的因解上終未蒙其功。

關於漱溟及其鄉建派的政治努力，一向最爲世人爭議，且同爲國共兩黨所批評。許多人至今還以爲漱溟調和兩黨的作爲，不過是想在夾縫中討政治利害罷了。的確，如果我們不了解漱溟深邃的文化理想，以及鄉建運動的人文與文化背景，而僅僅從黨派利害的立場看待漱溟的政治行動，很可能會將其視爲一個行徑特異、自視過高的政客。過去某些保守的右翼人士，即曾錯視漱溟爲共黨同路人。但如果我們了解到漱溟一生嘗試文化建設與社會改造而終不可行，乃轉而圖謀政治改革以調停敵異雙方的立場後，總應抱著一絲同情了解的立場來評斷梁氏的努力。從這樣的立場出發，簡單地從黨同伐異的角度來稱許或批評漱溟，都是失之輕忽的。

至於有關批評漱溟的說法，最常見的是關於漱溟和軍閥韓復榘的關係。關於韓復榘的不抗日，漱溟在〈七七事變前後的韓復榘〉一文中多所記載，對韓指責頗多，此不必論。至於他結合韓氏以試驗鄉建運動的作法，則無可多責。事實上，在當時中國的環境裡，許多傑出的知識份子（包括丁文江等），都無可避免的寄厚望於軍閥政客，但與其指責他們爲依附軍閥，無寧說他們想運用一切可能的契機，爲百姓多謀福利罷了，這種努力，自是無可深責的。

至於漱溟與黃炎培、左舜生、張君勱等人籌組「中國民主政團同盟」一事，同樣的是感於政治情勢惡劣，政治鬥爭兩極化，亟思調停緩衝而作努力。我們如果堅持從特定黨派的立場批評這樣的努力，甚至將一切居中協調的人物簡單的化約爲「同路人」、「騎牆派」，那就無異於否定民主常規，否定一切調和折衷的價值了。當然，民盟及其他民主黨派的終歸失敗，無異於揭示中國當時民主運作條件的不成熟，而溫和的民主運動推動者在當時政局下的無奈與艱辛，更可讓今日民主運動的後來者深思不已。四十餘年後的今天，我們欣見民主的種子終於因政治環境的變遷、社會經濟條件的成熟而展露新生的契機，也益發爲漱溟一代有心之士在當時未竟的努力而慨嘆。畢竟，民主不是光憑一羣知識份子的努力就可達成的。在一個政治環境日趨兩極化的時代裡，有心而眞誠的知識份子的艱辛努力，很可能是終歸惘然的。漱溟一生在政治社會範疇上亟思有所作爲而終不可爲的無奈，於此益可見之。

綜而言之，漱溟一生在學術文化、社會運動與政治改造上的努力，都可以稱之爲「知其不可而爲之」。我們或可從外在的冷觀角度，稱之爲唐吉柯德式的悲劇；或可從同情了解的立場，稱許其爲篤行實踐的大儒表彰。但我們必須切記：漱溟的一生努力，乃是針對時代的脈絡與民族的苦難而出發，他的知識、道德、人格與風範，都應透過這樣的了解來分析或批判。誠如艾愷所言，一個脫離制度與傳統的儒家，或僅抽離出其精神層面、坐而論道的儒家，都不是完整意義的儒家。然而漱溟在他一生結合知識建構、德行修養與外緣事功的努力上，卻爲儒家內聖外王的理想，提供了一個活生生的實例。他的功敗與否，見仁見智，無需多論，但這項努力的本身，就是令人嘆佩的。

最後，我願就漱溟寓文化理想於政治改造的想法，做一些現實上的引申。近年來臺灣的政治轉型，的確印證了社會經濟發展有助於民主成長的理論。但是所有的民主運動者與民主志士都必須了解：民主雖是一項必備的政治條件，但卻不應視爲惟一的訴求，因爲民主並不能解決當前我們面臨的所有問題。而其中主要的關鍵是：民主、自由與平等原是三件相關而殊異的價值。一個民主的社會並不一定是一個人人自由的社會，更不一定是（而且往往不是）一個平等的社會。當然在民主、自由與平等這三項價值中，我們必須強調民主，以維繫政治決策上的公正性與安定性。但是如果我們以爲只要民主條件具備了，自由與平等之間的緊張性也隨之因解的話，那就大謬不然了。

事實上，即使是在後工業化的歐美各國，民主體制雖早已確保，但是在精神生活上享受自由，以及在經濟生活上獲得平等制度保障的人們，卻並不一定佔大多數。舉例言之，獲得福利國家經濟平等體制相當保障的瑞典，也是西方國家中自殺率最高者之一。這說明了精神自由並不一定伴隨政治民主與經濟平等而來，而精神與文化價值的獨立意義，也就在此顯得切要了。

依照漱溟的想法，在推動民主政制（亦即西方民主憲政體制）的同時，必須同時顯揚傳統儒家文化，使百姓獲得起碼的經濟平等制度的保障，並提昇精神生活，從而獲得眞正的自由。這樣兼具平等、自由與民主的想法，終究如何實踐，因爲漱溟本人未竟其功而未可得知。但他的嘗試與努力卻是饒富啓迪意義的。尤其，在臺灣社會日趨物欲化的今天，一個以資產階級利害爲主導的民間社會（civil society）的出現，雖然伴隨著民主化與政權轉型的契機，但卻未必能使平等與自由之間的緊張性隨之因解。相反的，我們很可能要走上西方資本社會發展史的老路，由於貧富差距的日益擴大，利益團體的爭權奪利，以及資本主義化而引致的浮華虛矯，終而導致階級對立與利益傾軋，進而面臨馬克斯當年所預言的種種病徵。因此，在民主轉型期的此刻，重新回顧漱溟當年的學思路徑，就不是沒有時代意義的了。故而，對於所有自由主義者與民主運動者而言，不管對傳統文化的看法如何，卻都應該了解到：梁漱溟當年所執著的文化傳統、精神自由與社會平等這些複雜問題，還有待我們這一代親身解決。梁漱溟的時代意義，於此可以見之。

注：許多學者（如郭湛波）認為漱溟的轉奉儒家，係受巨川自殺影響所致，艾愷不同意這種解釋。他認為在巨川自殺以前，漱溟的思想裡已蘊藏日後建構之文化理論的所有種子，而他在一九二一年三、四月間，才正式決定過儒家的生活，此時已距巨川之死有兩年半的時間了。

據漱溟在一九七〇年代以後的自敘，他放棄出家，係因一九二〇年春初的一次機會而起。當時他應少年中國學會演講宗教問題，演講後在家補寫講詞，下筆總不如意，一再刪改，思路窘澀。擲筆太息，靜心休息後，取閱《明儒學案》，看到「百慮交錮，血氣靡寧」八字，驀地心驚，冒汗默然自省，乃決然放棄出家一念，當年暑假起即講

「東西文化及其哲學」，並於是年冬結婚。從此決意皈宗儒家。

《歷史月刊》第七期，民國七七年七月

（民國八三年四月修訂）

浴火重生的期待

——晏陽初先生和他的時代

一月中旬，臺北各報刊載了晏陽初先生在美終老辭世的消息。他臨終的醫院和我在紐約的舊居不過是數步之遙。閱報當時我心中爲之一震，稍待片刻，心緒漸定，我默默的告訴自己：老成凋謝，一個人文的時代終究是要過去了！

•

在過去許多年間，除了十餘年前唐君毅先生辭世時，曾讓我有同樣的悸動感受外，只有一年多前先父的倏然仙逝，使我在徬徨無告，親情無依的錐心傷痛外，也落寞的感到如斯的人文傷懷。但是，親情的照拂和倫常之愛的親炙，卻是無需言詮，也無可移轉的。而人文的傷懷，卻是長年知識耕耘的智慧累積，即使撇開了親情與感性的籠罩，卻不會因爲時間的隔閡而逐漸消散。

但是，在這三種不同的人文傷懷中，晏先生的人格感召卻是相當獨特的。我對唐君毅先生的懷念，主要的經驗是來自幼年以來閱讀他一系列人文著述的深刻感動，至今仍受其潛移默化的影響。但其中卻是言教多於身教。而在對先父的感懷中，則兼具了言教、身教、人倫大愛和人格光輝的照拂，正有如和暖的春陽，溫煦自然，無可替代，影響也最爲深刻而持久。但是晏先生對我的影響卻是極其特殊的，因爲除了透過文字記述的認識外，我和晏先生不過是一面之緣，幾小時的會談經驗罷了。但是，這樣短暫的交往經驗竟是感動深刻而且持久的。這就不得不從晏先生深摯的人文襟懷談起了。

一九八三年十月間，我在紐約上西城晏先生的簡樸寓所向他道賀，那一年美國各界爲了慶祝他的九十誕辰，準備在聯合國以盛大的集會表彰他推動平民教育六十年的卓越貢獻。但是我心知肚明，雖然許許多多的文獻記載，均強調平教運動的精心籌備、努力不懈、切合時弊等成就，但平教運動終究是時運不濟，功敗垂成。卽以中國爲例，毛澤東的紅色革命不但爲中土大地帶來了腥風血雨，也使平教會在定縣和華北、湖南、四川等地的實踐經驗全盤摧毀。而在一九五〇年代後，卽使晏先生仍然奮力不懈，繼續將平教會工作移往菲律賓等地，而且得到了一部份的成果。但是如果這些成果眞是普遍而有效的話，那麼在菲律賓的左派人民軍可就無擅場之地了，而日後馬可仕政權也就不會在「人民的力量」推動下一夕間土崩瓦解，至於柯拉蓉政府，以後也就不會一再的因土改和財富再分配的不成功而招致民怨和軍變的威脅。因此，我眞正想了解的並非他何以成功，而是究竟因爲什麼樣的力量，能使晏陽初越挫越勇，在一連串的失敗後仍一再的堅持他六十年來始終不變的理想和志業，並且得到世人的支持和最後的肯定？

•

因此，我並不在乎晏先生曾經被推舉爲「世界十大偉人」的名銜，和過去四十年間被《讀者文摘》前後報導多達七次的空前紀錄，以及，其他的各種榮耀和光環。但是，當我和他面對面，促膝而談時，卻發覺連他自己也眞的不在乎這些外在的名望和頭銜。而且，從他平易、親切而堅執的言談中，我看到了一股在時賢之中所難以見到的人格特質，那就是：一種眞正爲平民說話、下鄉向平民學習，並體恤民瘼民苦的平民風範。這股風範，是今天所有我接觸過和聽聞過的政府官員、民意代表、地方領袖、知識份子與學人俊彥中，從來也未曾見過的。

更明白的說，晏先生對中國人民——尤其是中下層人民——的關懷，是發自內衷，不假外求，無需言詮，但卻學也學不來的。更直接的講，那就是一種眞實的民族之愛與人文關懷。但是，我卻不願簡單的將它描繪爲一種自由主義的人道襟懷。因爲，在許多當代的人道主義者和自由主義者的身上和著述中，我卻感受不到同樣的眞摯氣息。我想其間的主要差別是：許多人將「人道襟懷」與「對人的尊重」這些觀念特質，過度的口號化與工具化了。而晏先生卻在他六十餘年的親身實踐中，眞正的將這樣的精神內化於衷。因此，在許許多多人忙於做秀、出風頭且洋洋自得之際，我們卻親切的感知到——晏先生是眞正與衆不同的。卽使他在事業上功敗垂成，卽使他一生努力，也搞不過那些權謀家、野心家和政客，但他才是眞正的清流、眞正的人民的聲音。他並不「代表」人民，也不想代表民意去搞政治，但他卻願意眞正下鄉長居，向農民學習請益，並且幫農民解決問題。他是在中國近代史上，很少見的、眞正能體會苦力的「苦」和「力」，了解農民對知識的迫切需要的知識份子。這種人，卽使是在今天的中國——海峽兩岸的中國，各種民主運動者以及各類代表「社會良心」的人士之中，也還是少見的。因爲，在後者之中，大多數人不是精英主義者，就是瞧不起農民和勞工的，他們和晏先生絕非同道。

由於晏陽初極特殊而眞摯的人格特質與奮鬥不懈的毅力和智慧，使他在當代中國衆多的鄉村運動者與民主人士中，獨樹一幟。雖然他不贊成共產黨，與國民黨亦不同道，但是他卻能超脫政治的包袱，眞正的爲生民立命，爲勞苦貧弱的大衆請命。由於他的努力，爲中國人民向美國請來了爲數龐大的經濟援助。一九四七年，美國衆議院通過了「晏陽初條款」(Jimmy Yen Provision)，支持以專款設立「中國農村復興聯合委員會」。雖然晏陽初本人日後並未能在臺灣爲農復會貢獻更大的心力，甚至因爲人事扞格而不得不將事業移往海外，但他努力於「除天下文盲，作世界新民」的寬宏胸襟，卻是當代中國所罕見的。如果要在當代中國名人中找一位對世界有眞正積極貢獻的人物，晏先生可能是最少爭議的一位至佳人選。雖然他個人的事功並不如其他政治人物或文化明星一樣豐偉燦爛，但當蓋棺論定、塵埃漸落之際，晏先生的人格光輝卻逐漸彰顯出來。他人格的平易特質在此，而其中不尋常的現世意義也正在此。

•

但是，晏陽初人格特質的根源卻是特殊的。和唐君毅、徐復觀等新儒家相同的是，晏陽初的人文關懷是源自中土大地之母，是來自人文傳統的潛移默化，因此，致良知教、作育新民這些傳統士人的尋常觀念，也就一而再的出現在晏陽初的言談之中。但是，和新儒家不同的是，晏陽初並非研習傳統學問的思想家和學者，相反的，他卻是一個長期接受西方教育、篤信基督教的知識份子。但是，和絕大多數中西湊合、半中半西，或不中不西的近代中國知識份子相異，晏陽初卻在中西兩種文化傳統間做了極佳的整合。在中國，他是眞正深入民間、體會人民疾苦的平教運動領導人，和窩居在城市，自以為高高在上的西化知識份子全不相類。在西方，他卻又是眞正了解西方社會權力運作，並打入上層精英階層，且倍受其尊重的中國社會代言人。這又與對西方一知半解，且處於邊緣地位的假洋鬼子，相距不可以道里計。因此，晏陽初的中西整合是近代中國罕見的成功例子。一方面，他懷抱著基督徒的淑世精神，為中國人，也為全球的貧苦大衆請命。另一方面，他卻是胸懷天下而立足中國，他的最終關懷仍是華北、華南、華中、華西的鄉村社會和同胞子民。神州故土，才是他最深的關切和期待。在臨終前幾年，晏先生終於返回定縣參觀，闊別近四十年的中土大地，雖已面目全非，但仍是他縈懷依戀之所。

現在，晏陽初先生終因天不假年，告別塵寰，魂歸故國了。但是，當我們讀到晏先生的訃聞時，且不要抱著尋常的態度，輕率的以為這不過是另一位流落他鄉的前賢遺老的仙逝，我們也不要誤以為，這是另一位西化的知識份子的殞落銷亡。面對晏先生這樣一位罕見的長者和智者，我們必須以敬肅的心情，澄清心田裏的一點靈明，敬謹的哀悼一個人文心靈的辭世。雖然從外在事功上判斷，晏先生並不是一位完全成功者，但是，在他一生體現基督博愛精神和儒家仁愛襟懷的具體努力中，我們卻看到了人文精神的高度展現。因此，在晏先生有限的形體生命告別之際，我們必須期待——即使是悲願式的期許——許許多多晏陽初式的人文心靈能在歷經劫難的中國重生。因爲，那才是中國的眞正希望，也才是一個人文時代得以再生的契機。

《中國論壇》第三四四期，民國七九年二月十日

附錄

晏陽初先生與現代中國

在中國現代史上，晏陽初先生是一個特殊的典範。在晏先生領導逾六十年的鄉村運動裏，中國知識份子首次打破了傳統士大夫的虛矯格局，親自下鄉，發掘民隱，以實驗與奉獻的精神，試圖爲中國億萬的勞苦大衆，開啓一條自力更生之路。河北定縣的十年經驗，不僅結合了晏陽初與許多高級知識份子的精力與心血，而且更爲知識份子參與社會的門徑，開創了足供式範的典型。這項鄉村建設的實驗成果，不僅爲一九二〇與一九三〇年代華北、華東、華中等地的鄉建運動開啓了先聲，而且更爲一九五〇年代以後亞、非、拉丁美洲各地的鄉村改造運動，提供了珍貴的範例。在中國知識界的時賢之中，以著書立說而馳名天下者不在少數，以濟世參政而名震當代者亦所在多有，但以犧牲奉獻精神，爲勞苦大衆而奮鬥一生，並直接影響到歐美輿論與非西方世界農民生計的知識份子，則非晏先生莫屬。他的不朽貢獻，於此可見。

晏先生今年已九十高齡，從傳統中國人的觀念看來，含飴弄孫，頤養天年，乃當然之想。但先生卻仍孜孜不倦的在菲律賓的鄉村改造學院，繼續教育與諮詢的工作。這不僅是因他對自己所開創與奉獻的鄉建運動關愛有加，而且也是因爲他對全球農民的疾苦未嘗旦夕忘懷。六十三年前，他以這樣的精神在華北開始了平敎運動與鄉建計畫；一個甲子之後，他仍秉持著同樣的精神，繼續的在海外爲第三世界的勞苦大衆而效命。如果說晏先生在六十歲以前爲中國人樹立了可貴的榜樣，那麼他最近三十年的努力更可說是爲「世界公民」奠立了不朽的形象。從此點觀之，晏先生無疑是現代中國知識份子所罕見的典型。因爲他不僅是爲中國的農民與平民請命，而且更推而廣之，從全球的層次上，爲天下的貧苦民衆開啓了一線生機。

這線生機的可貴處，不僅在於救濟與賑助苦難中的農民，而更值得珍視的是，由於晏先生的堅執與啓發，使得鄉建運動的著眼點，不在救急解困，而在啓發農民的潛伏力，使其獲得敎育知識與科學方法，以改善農民的體魄、農業的技術與農村的組織，從而達成自力提攜、自我鍛鍊的標的。因此，晏先生與一般所謂的「慈善家」絕不相同，他旣非豪富，也無資財可供任意恣用，但他卻在有限的資源與特定的時空條件中，爲全球的鄉村改造提供了一條根本之途。這不僅是中國知識份子在當今世界的罕有成就，而且更爲全球的農民改革運動描繪了一幅革命性的藍圖。晏先生在思想上與實踐上的雙重貢獻，可說是不朽的。

若從比較的眼光作進一步的觀察，晏先生的鄉村建設運動與孫中山先生的實業建設計畫可說是一脈相承而異曲同工。近七十年前，孫先生在國內動盪的政局中提出實業計畫，希望藉助於外資的力量，爲中國的民生福祉與國家建設帶來實際的成果。因此孫先生不斷在歐美運用其影響力，以圖在列強的資助下，改善淪爲次殖民地的中國經濟與國家地位。六十餘年前，晏先生撇開了政治的干擾，一心一意推動平民教育與鄉建計畫，亦是同樣運用西方世界的資助，以圖開啓民衆知與行的途徑，從而改善生計，達到民富國強的目的。雖然中山先生因軍閥的亂政與列強的私心自用而未能竟其功。但他企圖在政治的爭鬥之外，開啓民生建設與經建救國的想法，卻無疑是當時的一股清流。同樣的，晏先生以一介書生的決志決心，撇開政治的干涉，從根本的平民教育問題入手，以期達成開啓民智、改善民生的理想，亦未始不是一種衆醉我獨醒的作法。然而，更重要的是，晏先生雖然在歐美的財力資助之下，卻能一直超越政治因素的干擾，將其理想付諸實現，並在第三世界建立了鄉建運動的據點。就此而言，晏先生可說是承繼了孫先生的奮鬥精神，完成了一個中國現代革命實行者的偉大使命。從廣義的社會革命的角度看來，晏先生的確已爲全球的鄉建工作與農民運動奠定了穩定的基石。

從晏陽初先生數十年的奮鬥歷程中，我們深深感覺，「言必行，行必果」，應該是中國知識份子未來努力的一個重要方向。在晏先生九十壽辰之際，我們除了表示深摯的賀忱與敬意外，也想問新一代的中國知識份子：

接棒者何在？

繼起者何人？

《美洲中國時報》民國七二年十月

父親的啟示

七十年夏，我從嘉義解甲，四天後，離開臺北，負笈紐約，在哈林區邊的哥倫比亞大學安頓下來。五年海天遙隔，臺北的風物常入夢境，而雙親的慈容，最是夜思中牽引感懷的。去年春夏之交，父母來美探親，幾個月的陪侍，覺得臺北近如咫尺，也使得我多年來的思索，因父母身上具現的人文精神而更清晰。對我而言，父親秉負的儒、墨傳統，正是中國文化剛健肅毅精神的典範，而他教誨我們的樂天知命，則代表著道家休休有容的境界。

父親所延續的人文傳統，是我在知識領域上學習的對象，他更以具體的身教，散發了有情世界的祥光，使我在多年的西方學涯中，仍不時探討自己在傳統與現代、西方與中國之間的定位問題。因此，在轉化的知識與價值上，我一直強調傳統與現代間的互動關係。傳統文化必須與時推移，但如果全然拋棄自己的根柢，貿然追逐西方資本主義體系中「適者生存」、「戡天役物」的規則，則非智慧的抉擇。

因爲，任何人都無法與過去割絕，民族生命也必然是一連續體，拋棄了中國傳統對人性的尊重，對人生意義的追求，而選擇一條西方資產階級之路，最後勢將發生疏離者與邊際人的問題。究其本源，西方資本主義價值觀的基礎在基督教文明。我們若缺乏這樣的信仰體系，徒然追撲浮面的「優勝劣敗」價值觀，則難免人性的扭曲。在美華人不斷發生的家庭問題與第二代文化適應問題，除了社會性的因素外，中西價值的失調，與傳統中國人文精神的淪喪，迨爲主因。

就在這樣的時空變換下，我於離家數載的獨思過程中，深感父親所代表的人文精神實有其永恆意義。父親生我時已逾五十歲，但我跨越這歷史長廊，參考父親的人生態度，獲得了眞正安身立命之所。

兩年前父親來信，透露他耳鳴幾至失聰的消息，事實上他已隱瞞了半年之久，惟恐我們在海外操心。他對於失去聽覺一事坦然處之，不以爲苦，而且工作如恆，新的著作計畫仍然如期進行。

後來從母親口中，我才知道父親失聰前半年間，鎮日耳鳴大作，擾至不能動筆，也難以成眠，但仍未見愁容，生活如常。在父親看來，這是天意的安排，也是他面臨自然考驗的時候了。這種逆境若發生在我們這一代身上，可能只有求諸心理治療或宗教慰藉，但父親則以幾十年的修養而自尋轉圜。

這也使我憶起自啓蒙以來，每天目睹父親努力工作，旅美探親期間，這種墨家精神未嘗稍歇。雖然他的年事已高，但只要一醒來，總是忙著提筆。秉持著對宇宙人生的敬意與大地蒼生的關懷。他總想爲子女、親朋、周遭可見與不可見的人羣和事物，貢獻最大的力量。父親一貫敎導我們順天知命，也就是強調在剛毅的人生歷練之餘，泰然面對自然的安排。換言之，在人世的奮鬥上，應該「知其不可爲而爲之」，但在人力終未能及的範圍內，則應培育德行修養，泰然處之。

在上述價值觀的導引下，父親對於子女的敎誨，也採取了「勉力爲之，因材施敎」的原則。父親早年習土木工程，因家貧而轉修教育。他初望子女能繼其未竟的學業，但我們多未能遂其所願，只有大哥勉力有成，是他理想中的土木工程師。二哥文采洋溢，在大陸研究的領域裏頗有收穫。大姊個性溫婉，一向最聽父親的安排指導，她最早赴美留學，和父親一樣轉習教育，也爲我們弟妹立一榜樣。二姊個性耿直，父親因勢利導，果然使她通過現代科技的洗禮，得到專業的電腦知識。

父親對於年幼的我，費心一向最多，從學商而轉習政治，父親亦順我性向所趨，只有出國深造一事，父親稍加鞭策，因此未多延擱。雖然我的興趣較廣，且與父親的研究領域多所重疊，但父親從未規範我的學思。反之，他還希望我能精益求精，從中西學術上雙重入手，以奠定兼顧的工夫。

或許可以說，父親對我的影響最爲深遠。因爲我不僅是在生活上學習他，而且在價值上也時常追隨他判斷。或許正因如此，我一直不以流行的計量途徑研究政治，反以觀念的變動與文化的發展入手。這種選擇雖非父親的安排，卻間接受到他的影響。

我的婚姻觀也受到父親的啓發。由於雙親一再強調「和爲貴」，我與良瑩自始就身體力行。良瑩從小深受傳統家族觀念的影響，對長輩一向事之以禮，對公婆更是出之以誠，既孝且順，與友妻輩中事事爭勝的態度不同，普遍存在於華人社會中的婆媳問題，完全不存於良瑩與母親之間。其因無他，在體驗傳統倫常的價值後，對公婆的態度就不可能是虛情假意或視之爲敵了。我對婆媳關係的觀點，曾受部分現代女性主義者的攻擊，但從他們本身所面臨的各種困擾看來，重新檢證傳統的價值觀，也許仍是必要的。

良瑩與我在美國相識，婚後一年多她才單獨返臺。雙親對她的溫婉有了基本認識，半年前兩老在美居留時，對她的勤勉更是印象深刻。我雖學業未成、事業未就，但仍感到人生充實溫暖，實因雙親的倫常觀有以致之。

近年來，我目睹了西方老人的悲楚艱辛，也看到「優勝劣敗」價值觀，應用到人生周期上的殘酷無情。這時反見傳統敬老文化的溫煦祥和，乃重思父親的人生態度，深深體會數千年中華文化的寬容。也許，如何使這一傳統在歷經挑戰與劫難後，展現出新的規範，就是我們這一代的努力目標吧！

在父親八十生辰之際，我記錄這段心路歷程，印證父親人文精神的日久彌新，也感銘他人格的光風霽月，孺慕之情，不能自已。謹祝父親松柏常青，康樂年年！

民國七三年十二月

野草莓的聯想

1

一九七八年二月，一個霧色蒼茫的傍晚，我佇立在松山機場，等待著遠方一架靈柩的歸來。在臨時搭建的迎靈臺前，一位心懷故國的長者，回到了終身寄思的家園。往後的幾天，在悼別會上，我默默的想：長者在悠悠的歲月和苦難的煎熬之餘，究竟如何看待那最終的命運呢？當海天遼闊，面對著無盡的宇宙穹蒼，思索著無窮的國族遠景，又如何不感嘆花果飄零，斯人憔悴？

那一年，唐君毅先生仙逝於香港。

四年後，徐復觀先生在臺灣溘逝。

2

《野草莓》的作者，瑞典導演英瑪・柏格曼（Ingmar Bergman）曾說：

「我極想說出來，每一個人的內心深處，那份完整的人性面貌。」

薄格（Borg）老醫生，《野草莓》的主角，正是柏格曼細緻筆觸下精微的人性寫照。

一九八一年深冬，我觀賞了這部巨構。當時，沉暗的天際，像是染上了《野草莓》裏的陰灰色調，濃鬱得化不開。然而，步出放映場時，我卻覺得天空中似乎還透露著絲絲的光芒，照耀著戲裏的老醫生，和所有屬於暮靄的人生。

於是，我想起了一些舊事。

3

一九七九年中秋，臺北盆地仍在炙熱的氣息裏蒸薰，一個明亮的清晨，我拜別雙親，懷著征集令和親情的殷殷切望，遠赴南方軍營的召喚。

一九八一年仲夏，南臺灣的火鳳凰猶在烈陽下照耀，一個餘暉斜映的暮色裏，我準備好歸鄉的行裝，趕搭上往縣城的末班公路車，在沉睡中返抵臺北。

三天後，一張往東飛，再往東飛的機票，讓我在紐約的哈林區邊落腳了下來。於是，數年之間，命運迭轉；親情的照拂，成爲匆匆間深且持久的記憶了。

離開臺北的每個黃昏，我都要向雙親告辭，而換來的，總是父親的諄諄叮嚀和母親的依依不捨。猶記那年中秋夜，我方整理好成堆的書册，打點第二天的入伍行囊，清晨三時，雙親夜起，在燈下勸我放寬點、看開點，一切擔待些，再苦的日子很快就會過去的。半年後，我受完軍官訓練，父母親更時而在嘴邊掛記著：帶兵忍耐些、仁慈些，一切拿出良心來。

父親年邁，有時每天小睡多次。北返的日子裏，我常在他床邊駐足良久。有幾回，我把他從驚夢中搖醒，看到了一幅幅回憶過往時的敏銳心境。於是，在同情的了解中，在父親深刻的眼角紋和慈藹的笑容間，我漸漸體悟了人生的悲喜，也親見了中國傳統下延衍未絕的人文精神。

4

同樣的精神，類似的夢境，在徐復觀先生給子女的最後話語裏出現了：

「大伯大概大我四、五歲，我上學，他挑柴挑米送到學校時，大概是十四、五歲；每次壓得他肩頭都是紅色帶紫，汗透了破布衫。這情形，我總樣也不能忘記。」

「小時候，你祖母放聲尖喊的兩句話，早上好像又聽見了：『給我點亮兒吧！給我條路吧！』」

徐先生彌留的最後幾天裏，總是神情淒迷，連聲呼喚著母親。是否，每一個念舊的長者，都要回顧那父母之恩呢？是否，他們少年時代的理想夢境，又要剝復再現呢？是否，那大地之母所孕育的子民，才是他們一生奮力不懈的最後標的呢？

在這樣的回顧中，我看到了上一代的執著，看到了異文化的奇幻，也看到了一個可能屬於自己的、親切的將來。

5

陰暗的景觸裏，薄格老醫生又睡了。

這天早上，他在媳婦的陪伴下，開車赴遠方的城裏，接受對他一生行醫致敬的榮譽勳章。但，七十八歲的老先生實在太倦了。接連著幾場瞌睡，不斷帶他回到童年、童年的家和家旁的那叢野草莓。他見到當年困擾他的女友——被他兄弟橫刀奪走的女孩；以及那個背叛他的妻子——她已故去了三十多年。

間歇的睡夢讓薄格重溫了純稚的歡笑和親情的溫馨，像豐潤的野草莓般，帶給他新生的喜悅。同時卻也殘酷地指斥他長期以來性格裏的冰霜，逼使他重臨那些深埋在潛意識裏，不願再提了的故事。一個個變了形的、扭曲了的故事。

夢中，薄格醫生受到醫事審查會的裁判。

詭譎的是，審查委員居然都是薄格這幾天才剛認識的年輕人，他們帶著冷酷的眼光，毫不留情的執行著三項測驗，看他到底夠不夠醫生的資格。

首先，主審者命令他觀察顯微鏡裏的細菌，意外的是，無論薄格怎樣仔細看，在鏡中卻見到了自己的眼睛，那鏡子是不反射的，老醫生始終只看到他自己。

第一項測驗，薄格失敗了。對第二天就要去領獎的老醫生，這是多大的打擊！接著的項目，是要薄格解釋寫在黑板上的字跡，然而他也沒有成功。老醫生無法辨認出那些信筆塗鴉的符號，他啞然了。裁判席中，一個與薄格昔日女友同名的年輕女子，強烈責備他無法使用與人溝通的語言，還說，就由於這樣，女友才無法忍受他的隔閡與冰冷，後來她終於離開了薄格，因爲薄格從來就不了解自己的心聲。

主審者告訴老醫生，寫在黑板上的是：「一個醫生的首要責任是要求寬恕。」主審者指責薄格的罪孽深重，暗示他對妻子的冰冷無情，是日後寂寞淒涼的根因。這使得老醫生的挫折感越來越深了。然後，他面臨了第三項考驗：病情研判。薄格以他多年的經驗，胸有成竹地判定床上的女病患——已經死去了。

但是！霎那間，一切俱變。

女病患，俄——然——坐——起，譏笑他人老眼花，糊塗昏庸。狂暴的笑聲驚嚇了老醫生，薄格茫然了。他望著審判席，企求一絲同情的回報，但是，他再度失望了。審判員個個冷眼相視，裁定他不符醫生資格。薄格懇求他們憐憫他的心臟機能不佳，無法承受打擊，主審者卻絕情的回答：你心裏什麼也沒有，你妻子指控你無情、自私、魯莽，根本沒有良心可言！

鏡頭，漸漸轉向了。

薄格和主審者離開了審查會，走過一個幽光反照的池塘，當黑影迭現，危機四伏的樂音漸起，老醫生步入了陰森的樹林。惡兆將臨，等待他的是另一次殘酷的試煉。

6

「我幾乎要完全被社會遺棄了。」

薄格如是說。

死亡的陰影和無能的恐懼纏繞著薄格的暮年。他想起九十六高齡，尚健在的、冷冰冰的母親，想起他家族裏遺傳的冷酷性格，想起遺傳了這種性格的兒子，那個拒絕讓後代再承受這家族個性的兒子。他還想起了車裏陪著他的媳婦，爲了想把懷孕的胎兒留下來，跟兒子鬧翻天了的可憐女人。

薄格渴望早點結束長期以來這荒原般的冷漠，他實在懼怕，一個個陰寒凍餒的夢魘，久久盤旋未去，久久困擾不絕……。

在半途上，老醫生巧遇了一對加油站的老闆夫婦，他們彼此已相識多年。在陽光的照耀下，薄格知道老闆娘和他媳婦一樣，懷孕了。從側身看去，在她紅色的衣衫上，好像挺立了一顆碩大的野草莓，逐漸凸顯著生命的契機。老醫生似乎在暗想，不知自己這把年紀了，是否還有重生的機會，像是陽光下的野草莓，給他帶來一些溫情和喜悅，好袪除這大半輩子的冰雪風霜。

轉機乍現了，薄格深盼著暮年裏的新生。

7

兩年前，在南臺灣鄉下服役的日子裏，每天晨昏之際，我常在營舍內外，和那些轉戰沙場，榮退、未退的老士官話家常，傾聽他們回憶起的長城黃河、大江南北以及這座島嶼上的點點滴滴。從一幕幕傾巢而出的記憶裏，我看到了那個無月無風的血戰夜，那位臨危赴難的老戰友，那隻通靈救命的土黃狗，和那些流傳久矣，輾轉曲折的村野奇譚。在他們隱隱含憂的目光中，我也試圖揣想著他們三十年不見，生死未卜的妻子兒女。還有，那些屬於大地兒女永難忘懷的故土情懷。

從他們的回憶中，從坦然的傾訴裏，我看到了和薄格老醫生一樣的，對死亡的複雜心緒，對冷漠無情的徹骨寒心，和對少年溫馨的眷懷依戀。我也常在一對對平靜謙遜的眼神裏，看到了屬於中國傳統的虔誠與安祥，那是六十年前英哲羅素東來時所看到的眼神，蘊藏著這個古老民族特有的深邃、和諧與智慧，但這也是羅素當時憂懷預言即將逝去的傳統，一個就要臨去不返的、最後的先人遺緒。

那個支離破碎，苟延殘喘的古老傳統，就要煙消雲散了。然而，在那些被遺忘的角落裏，黃土大地所滋育的人文襟懷，還在努力的掙扎，想要在世俗化的功利思潮間，作最後的靈光返照。

那是和薄格先生不同的一羣人，他們沒有廣博的學識，沒有良好的成長環境，也沒有承平安逸的少年時代，甚至，他們可能一輩子裏從沒有享受過權力、宴樂和富足。不過幸運的是，他們也沒有像薄格一樣的冷酷性格，不會也不願沾染上薄格一樣冷酷的家庭傳統。在垂垂漸老、油燈將盡的歲月裏，他們也許不再有絢爛的希望，然而，在僻靜的山村、遙遠的海濱和都市裏被遺忘的角隅，他們仍持續的勞動、再勞動，想為自己的晚年，和這座海島給他的年輕妻兒，多掙再多的一塊錢。

這些被許多人遺忘了的老人，也正是中華故土千百年來農民性格的最後結晶！當新文化已成舊傳統，新青年已成老青年，當五四人物已凋零殆盡，而這歷盡摧殘的農民性格與人文傳統，卻仍然在慈祥的眉宇與謙和的應對間，展現一個人情社會特有的溫馨與寬宏，這也正是薄格老先生在人生盡頭的最深期盼。

這，不也正是那顆豐碩紅潤的野草莓嗎？

8

薄格醫生又在沉沉自語了。

「我到處尋訪的朋友在那裏呵？黎明是孤獨和關懷的時刻，當黃昏將臨，當黃昏將臨……下一句，是什麼呀？」

兒媳回答道：

「當黃昏將臨，我仍然思念著。」

「教授，你是不是信教的呀？」一個年輕的女孩問。

「我看到了祂榮耀的權柄，在稻穗和花香之間。」薄格回答道。他的媳婦接著說：

「在萬事萬物和空氣的呼吸裏，祂的愛總是無所不在。祂的聲音也在夏日微風間呢喃……。」

薄格在一個濃厚的宗教氛圍裏長成，人神二元的宗教觀塑定了他的思維，在永恆的期待中，基督上帝的權柄，成了他一生的主宰。黃昏將至，人生的旅途臨尾，天國的召喚和神祇的旨意君臨其身，薄格對那宇宙主宰者的思慕之情也就與日俱增了。當黑暗的夢境與死亡的恐懼糾纏不清時，上帝的榮耀與恩祉，遂成爲解脫苦難煎熬的希望之源了。野草莓，它所象徵的新生與溫煦，也自然隱喻著福祉的臨照啊！

9

一九六九年夏天，我剛結束小學生活，傍晚，父親常帶著我在屋後的池旁散步。那時，都市化的腳步還未跨入家居的鄉野，在一畦畦的田畝間，父親不時與農友們招呼問好，在綠色大地裏，父親望著和風吹拂的稻浪，彷彿回到了五十年前勤耕稼作的家鄉，那片在洞庭之南、五嶺之北、「兩湖熟，天下足」的中土大地。以後每年夏秋的黃昏，我總要攙扶著父親回到那金黃、碧綠的記憶裏。在片片斷斷的成長歷程間，綠色大地的嚮往與依戀，也就成爲我自己生命的一部份了。

離開屋後的池塘，父親總要我練毛筆字，讀宋詞，唸詩書典故、中西名著。有一回，在但丁《神曲》的節本中，我愕然發現，西方神學的天地裏，那些不幸在耶穌啓示前誕生的哲人聖賢，紛紛被打入了沉暗的煉獄，緣由只是他們生錯了時代，他們先生了千百年。

以後的幾年，我潛沉於新儒家的仁者情懷和憂患意識裏，體會了中華傳統的人文精神，和經由現代意義的轉化，所展現的涵容、開濶與睿智。在時空意識和歷史使命的交溶下，先賢先民持續不絕的以愼終追遠、愼獨反思和尊德敬老的修養規範，成就了和諧的道德理念和恕道傳承。當西方史中一次次的宗教戰爭與迫害在肆虐之際，這片中土大地的眞儒高士卻免於陷入天人兩橛、怪力亂神的窠臼。當成千成萬的戰場英靈高呼著我主榮耀、上帝佑我時，世界的另一角，神州豪傑卻在農民飢饉、生靈凋蔽之餘，只求如何息爭止亂、樂天安命，守護著現世裏的一片淨土。

這塊淨土，並不是薄格醫生想望的天國，甚至也不是埋藏在野草莓裏的上蒼恩賜，它只是那黃土平原賦予的一點生機，一個源遠流長、萬世不絕的大地之母！

我永遠不會忘記四年前深冬的午後，朋友傳來的哀訊：「唐君毅先生今天過世了！」那天，在松山機場外迎接唐先生的靈櫬，我思念著多年來的成長歷程，思念著每一片段綠色大地和飄零花果交織的心路軌跡。我清楚地了解：那份對逝去長者的哀傷，不止是對眞儒的崇仰而已，也不止是對仁者情操的衷心哀悼，而且，也是一份對人文傳統的執著與緬懷。

這些年來，經歷了西方現代思潮的洗禮，對於那古老的傳統，我已不會無所反省了。但是，在面對那逐漸淡逝的人文襟懷，和那些背負著人文傳承的長者時，我仍然會由衷懷抱著深摯的敬意和無限的憂思。只是，我不知，對所有稟賦著純儒傳統的人文心靈而言，他們的內心底處，是否也有另一個野草莓似的希冀，企盼著那個親和、深邃、涵容的文化重建與新生呢！

《中外文學》一二九期，民國七二年二月

煙山一日談

前言

最近兩年，全島各地的偏遠地區掀起了一股新生的浪潮，地方基層建設又重受人們的矚目。這裏要述說一個不爲人熟知的故事，介紹這股浪潮前的一些背景。

一、楔子

民國六十七年深冬，天寒時分，山區的雨季未歇，沈甸甸的天地間，灰茫一片。蜿蜒的山道上，一輛灰褐的吉普車踽踽獨行，路上稀見人煙。淒寒的歲末，山色冷暗，晨霧尙未盡消，濕氣夾雜著濃重的石灰煙硝味，彷彿有一種鬱結聚積於胸域之間。透過車窗，但見雨霧連綿，大地蒼茫，倒是從窗隙吹進的絲絲涼風，還有幾分清爽。

經過近兩小時的顛簸，悠悠忽忽間，吉普車終於在山麓的小村落腳了。這是我們南北尋訪之行的第九站——煙山。

煙山和臺灣三百一十三個鄉鎮中的大多數一樣，只是地圖上不起眼的一小點罷了。它的居民不足三萬，無名勝觀光區，非交通要衝，也沒有知名的特產。如果說它有什麼貢獻吧，那也不過和沈默的大多數一樣，以遼闊的農業區供養著都市的廣大人口，另外，也就是它沈鬱而獨特的故事了。

煙山是臺灣有數的重要石灰產地，巨大的煙囪代表著東亞重要的水泥廠。近三十年來，它提供了無數的建材和灰石，爲全島各地的工業化和都市化奠定了穩定的基石，但是，它的貢獻卻難期相應的回報，煙山灰茫的天際顯示著可怖的空氣污染，當灰沙沈落，大地淒迷，君臨的塵埃蔽塞了萬物的生機，造成了農作的歉收——以及——居民健康的嚴重威脅。然而煙山的犧牲不止於此，由於法規上的種種限制，造成了地方自治經費的不足，也使煙山面臨了全省偏遠地區的共同困境——地方建設的難以推展。

在「加速地方基層建設」的政策指引下，我們這一行研究人員，經由中央及地方政府的協助，在陳教授和朱教授的領導下，從全省選取了三十個鄉鎮，進行實地的採訪，以便搜集資料，針對當前地方自治面臨困境的癥結提出因解之道。近閱月的奔波，我們已採訪了南北各地的基層，煙山則是我們所欲尋訪的另一類典型。

二、把煙囱堵上嘴

上午十時十五分，我們在公所禮堂，會晤了地方重要主管人員。

「黃鄉長，以你在 貴地從事公職多年的經驗，感到有什麼基本的施政困難？困難的原因在那裏？」

「困難實在太多了。在過去老百姓的眼裏，縣市長、鄉鎮長，都是所謂的父母官，現在這個觀念已有所改善，取而代之的就是公僕的觀念，但是往往有人誤解了它，而把公僕當做可以隨意使喚或指責的對象，常常不明瞭情況就胡亂罵人，使得鄉鎮長只有吃力不討好。另外鄉鎮經費非常有限，建設項目又多，一般人不明狀況，也常生誤解。總之，甘苦辛酸，眞是一時說不完。」

「不過，歸結起來說，我以爲當前地方基層自治工作有幾點重大困難：

第一，是上級委辦的事情太多，相形之下，本身自治事項所佔的比重就減輕許多，人力自然也分去不少。另外上級單位也太多，往往彼此不協調，但有事同樣都交辦給公所，造成時間和人力的浪費，也影響了行政效率。

第二，是經費的短絀。目前財政收支劃分法裏，鄉鎮的經費來源主要是契稅、娛樂稅、及部分的遺產稅、房屋稅和田賦等，但由於近年來農村的不景氣，人口大量外移，地方不易繁榮，這些稅源都很有限，而且甚至有減少的趨勢。所以目前鄉鎮公所的經費主要都仰賴上級政府的補助，形成地方自治與基層建設上的一個瓶頸。

第三，是鄉鎮長人事職權太小。這是杜絕過去濫用私人、排除異己的缺失所採取的措施，立意當然很好，但也因此失去了人事運用的活力和彈性。目前許多地方基層人事是有缺無人補，有人才而無任用資格。往往一個有十年二十年經驗的行政人員，因任用資格不符職位分類標準而無法任用，但有資格的年輕人卻又不願留在基層工作，結果職位就虛懸下來了。」

黃鄉長年約四十，世代居於煙山，他自稱是個莊稼漢，黝黑壯碩的身材、飽滿的天庭、沈著的舉止和肯定有力的言談，給人一種篤實誠懇的信心。他是本地的大戶人家，高中畢業後就留在鄉裏工作，除了種田之外，還經營一些畜產和果樹。由於他的幹練和熱心，頗受地方父老的愛戴，目前已是他的第二度任期。

坐在黃鄉長左邊的是公所秘書劉先生，在公所工作已有三十多年，他的身軀發福久矣，鼻上低低地架副老花鏡，一直在旁忙著整理資料，準備隨時遞給鄉長做數據，偶爾也掠過鏡架看看我們，剛剛談到財政劃分法時，他不時指著各項稅賦所佔比重給我們看。這也是我們歷次尋訪各鄉鎮都要提出的問題。

「黃鄉長，我們也知道目前大多數鄉鎮自治經費多半仰賴上級補助，甚至有的鄉鎮補助高達百分之八十以上，而鄉鎮本身分配到的稅收甚至連公所本身的人事經費都無力負擔，但是財政收支劃分法有它的政策考慮，也是依據賦稅的特性而訂定，基於此，你覺得是不是有什麼根本解決的方法呢？」

「目前全省各鄉鎮經費來源都根據此一劃分法，好處是全省統一，一條鞭到底，但缺點是忽略了地方的特性以及近年來農業發展的困境，結果反成爲地方自治與基層建設的一項限制。

我想你們在來的路上都注意到了我們西邊水泥廠造成的空氣污染，這已是一個長期的問題了。我手邊沒有具體的數字，說明我們鄉民呼吸器官的病變比例要比一般人高，但你們只要出去看看灰塵，就可以了解一個大概了。而且我們這邊的農作收成確實要比別的地方低。因此，雖然水泥工廠帶來了一些就業機會，對地方繁榮也不無貢獻，但相對的，我們付出了太多，實在太多。最不公平的，就是工廠所在地是在我們鄉下，公司所在地則在臺北，根據稅法和財政劃分法，公司所在的大都市可以分享到營業稅、公司所得稅等，而我們只能分到爲數很有限的房屋稅。這造成了一個現象，就是我們鄉下提供了勞力、場地，犧牲了民衆的健康和農作的收成，但卻換不到應享有的地方建設經費，而相對的，大都市只提供狹小的辦公場地，卻坐享其成，這個現象不僅發生在本地，全省有工廠或工業區的鄉鎭也面臨了類似的困境。」

黃鄉長在侃侃而談，我的視線漸移至窗外，霏霏的細雨仍零零落落地下著，雨水的滋潤，照理說，該使空氣潔淨多了。但濛濛遠處，灰沙卻噴泉似地從煙囪中滾湧而下，只是泉霧昏灰，塵埃蔽天，濃密的灰彩帶不來一絲清新的喜悅。

這也許就是所有開發中國家都將共同面臨的困局了。在工業化和外貿競爭力的雙重要求下，加速工業產品的數量和規模，以及抑低生產的成本，已是無可爭的必然前提了。因而，降低公害與污染的種種預防和補救的措施，往往會因妨礙生產規模與增高生產成本而被忽視。權宜的措施，遂使得污染性工業集中在偏遠地區駐足下來，而這些地區居民的福祉自然也多少要受到戕害了。

但是工業化的腳步不斷加速，都市化和人口膨脹率亦與日俱增，偏遠地區逐漸有繁榮的一日，人口的增加，生活的富足，帶來了新的力量，也帶來了更多的關心。於是，要求維護生態環境、要求提高生活素質的呼聲也就甚囂塵上了。人們開始質疑：爲什麼要讓我們呼吸汚濁的空氣？難道別人可享受現代化的甘泉，我們卻要苦嘗它後遺的煙塵？當經濟加速進展，民主化與政治發展亦步亦趨之際，民意代表和各種團體的代言人越來越努力於民意的探索了，政策規劃者愈感受到民意的壓力，問題就更趨嚴重。然而，以持續的經濟發展維繫安定的民生重要呢？還是維護生態以提高環境品質更具意義呢？這兩難之間又究竟如何尋求解決？也許，這就是所謂的現代化的困境了。如果鄉野間矗立的巨型煙囪代表著五十年代的現代化遠景，那麼如何把煙囪堵上嘴或許就是八十年代的現代化課題吧！

煙山的沙塵正啓示著這一層的反省，但是，我們如何面對它呢？

「水泥工廠是否考慮過設立灰沙回收設備？」

「有的，他們投資了不少錢去做，但效果一直不好。」劉秘書在一旁代爲回答。

「那麼，你們希望如何補救？」

「剛才我說過，」鄉長又接上談話，「工廠對地方發展多少有一些貢獻，但相形之下，我們付出的代價太高了。平心說來，我覺得有三方面是上級政府和工廠資方應該做的：

首先，爲本地設置一所設備比較完善的醫院，免費或平價提供醫療服務——尤其是有關呼吸器官上的病痛。這樣可以使受公害的地方民衆得到較大的健康保障。其次，對工廠附近農作予以合理的補償，補償標準可依據每年同質田地的平均農產量來設定。

第三，針對工廠與公司所在地點的不同，分別制訂合理的賦稅劃分標準，使工廠的建設成果也能應用到地方建設上，也就是取之於地方，用之於地方。雖然這一點要牽涉到法令的修改，問題可能比較複雜，但它勢必將爲全省鄉民環境的改善帶來深遠的影響，這也就不是一時一地的改革所可企及的了。」

三、從便民中心到公共造產

望穿禮堂的門口，走廊的另一側，正是公所的辦公廳，約莫四十坪大小。櫃臺外只有稀疏的兩三個阿公阿婆在問事情，淸淸冷冷的。臨近大門的過道旁，掛著一幅「便民服務中心」的牌子，後邊坐著兩位年輕的小姐，靠右的在埋頭振筆疾書，另一位手裏持著報紙，很閒適的斜坐著。

服務中心的兩側，錯落著幾排桌椅，職員們有的忙著辦公務，有的到處走走，碰上談與好的，便坐下聊聊。靠東邊面向禮堂的是民政課，課長瘦瘦小小的，五十來歲，帶了副黑框的眼鏡，他身旁擺著一部複印機，灰褐的蓋子壓著，上面好像有一層厚厚的灰。課長忙碌的翻著積壓的公文堆，好厚好厚，大概有一尺多高吧，在他身前一位年輕的職員，時而將一些資料轉身交遞過去，有的就放在公文堆上，從禮堂看去，課長矮小的個子幾乎要見不著了。

「劉秘書，你幾十年來在公所服務，覺得目前人手方面夠不夠？」

「你是講那方面的人手？」

「我先補充一下，我們根據採訪各地所得資料，覺得目前各公所員額編配的劃分辦法很不得當。像是臺北地區的三重、板橋等縣轄市，人口都在三十萬左右，比省轄的基隆市還多，但由於法規限制，無法多任用人，結果幾乎要雇用編制員額一倍以上的臨時人員，對於市政推動自然有不便之處。而另一方面，一些五千人甚至一兩千人的小鄉，也還維持著二三十個員額，又造成了人事上的浪費。以貴鄉的情形看來，是屬於中間型的鄉鎮，但是在總員額和各課、室的人事編配方面，是不是合乎實際需要呢？」

「在總員額方面應該是夠的。但是各課、室之間就顯得比重不同了。譬如民政課，要承辦縣府好幾個單位的交辦業務，又要監督各村幹事的工作，加上村民大會也都要在場，工作就顯得相當吃重了。至於像財政課，每年忙著編一次預算計畫，其他的時間就比較空閒。另外農林、建設方面的人員，往往需要專門技術，有時待不了多久就走了，剩下的工作，會辦的人任用資格不符，只能兼代的做，但薪俸無法隨著調整，工作意願自然受到影響了。我想如果鄉鎮長有機動調配人事的職權，根據事實需要做合理的安排，這個問題應該可以改善的。」

「你還有沒有其他意見？」

「另外我覺得有一點應該提出來的。過去戶政事務所是歸公所的，後來劃分到警察局下面，行政上就發生很多痲煩。由於戶政業務相關性大，我們這邊常需要到那裏查資料，但因爲互不從屬，他們常常會拖延，有時等個大半天還拿不到一份戶籍資料。還有就是在薪俸方面，過去兩邊的待遇是一樣的，自從他們劃歸警政系統後，有了警察方面的加給，就比公所這邊要多四分之一左右。目前與鄉鎮公所同一級的單位，像戶政事務所、地政事務所、農會、衛生局等等，就屬公所裏的待遇最差了。」

「有些專家提議，既然目前鄉鎮的自治業務已被劃分給不同單位辦理，剩餘的民政、兵役、社區發展、公產管理等等，不如再獨立爲各種事務所，像是民政事務所、兵役事務所……，分別地各司其職，黃鄉長，你覺得這樣構想怎麼樣？」

「獨立有獨立的好處，職權專一，效率自然可以提高，但是目前鄉鎮的發展事實上很不平均，大的市鎮已成了大都市的衞星城，社會發展趨於多元化，業務劃分開來當然很好。但很多的農業鄉目前反而在萎縮當中，人口每年遞減，如果再劃分出各個事務所，辦的事就更少了，這樣只會構成人事上的浪費。所以目前鄉鎮自治工作實在應注意到地方上的特性，各地差異很大，有時強制應用統一的標準，反而不切實際。」

「請談談你們這邊公共造產的成績好不好？」

「我們鄉裏沒有觀光區，而且居民不多，沒辦法像大市鎮建游泳池一類的遊樂設施，公共造產只有種一些水果，但績效並不太好。」

「我們來的路上兩旁種的芒果樹就是了？」

「是的，另外在山邊大鵬村也有兩甲地在種桔子和蓮霧，但因公所經費有限，沒法多僱人照料，常常被偷摘，收成也不好，還不至於虧錢就是了。」

「我總覺得公共造產這項目立意雖然很好，但不宜強求，有些地方實在沒什麼特產，一定要種些東西的話，遇個颱風往往就賠個精光。而且有時農產滯銷，反而形成與民爭利，更失去原來的美意。另外有些鄉鎮的風景區，交由公所來經營，但因爲資金和人力的不足，又形成髒亂，這實在很不值得。」

「但是，我們這一趟訪問也看到一些鄉鎮公共造產的成績很不錯，也的確爲地方建設開闢不少財源。」

「當然，我只講到了缺失的一面，我想有些地方可能的確辦得很好，但我仍然要強調一點，就是不宜強求一致。畢竟，各地的條件相差很多。像是中部地區，風災影響不大，若是辦理農作，收成通常就很不錯的。但我們這邊就不一樣了。」

四、傳統的式微

俄頃之間，小雨漸停，午時將至，公所的大廳早不見人影。鄉長款待我們和公所幾位課長同仁在公所前馬路邊的食堂便餐，兩百圓一桌八人份，在本地已算不錯的了。一位年輕的人事管理員胡先生在旁邊負責爲我挾菜，送往迎來，我眞要吃得撐住了，他自己卻沒用上兩口。我聽說他是臺北一所五專畢業的，在公所已任職三年多了。

「胡先生，你怎麼想到留在公所服務呢？」

「說起來也很偶然，畢業後服完兵役那年，家裏的田需要人照料，就留在鄉下，後來種田實在不賺錢，就租給別人耕，剛好那時公所缺人，鄉長要我兼代一下，大家反正都是熟人嘛，代替久了也習慣了，覺得蠻適合的，後來去參加考試，改爲正式職，就這樣留下來了。」

「既然種田不賺錢，別人租了幹什麼？」

「平常種稻是不賺錢，但如果種些蔬菜，收成好時，還挺划算的。」

「你留在基層工作，會不會有什麼委屈的感覺？」

「那倒不會，反正吃公家飯嘛，都差不多。不過以前像我這樣的年輕人，留在公所只是爲了取得資歷，一年期滿就趕緊離開了。我自己則是覺得生在鄉下，長在鄉下，後來在臺北讀書多年，一直沒有爲地方服務過，現在留下來的確也可以做點事。而且鄉下人情味濃，大家都熟，生活安定，生活費用也便宜，如果拿同樣的薪水在臺北過活，可就差多了。」

「但是在公所工作，往往一留就是二、三十年，終老於此，你不覺得可惜嗎？」

「我自己倒不這樣想。我希望在地方上服務，爲父老建立個好印象，以後有機會可以參加公職競選。不過在公所任職缺少晉陞機會，一幹就是幾十年，的確使好條件的年輕人裹足不前。」

「你想有什麼辦法好解決這問題嗎？」

「也不是沒有。我想可以採取上級選用下級優秀幹部的方式，譬如公所裏表現績優的人員，就可以往上提派到縣府甚至省府去，只要任用資格符合，業務很快就會接得來的。而且這些從下面上來的人，對基層事情比較清楚，可以使上級政府在對下級單位的措施上考慮得更周延一些。美國總統卡特不也是從州長登上來的，臺灣的例子更多了，我想上達的管道一旦建立，一定可以使公所裏的有志之士工作更熱心些。事實上，基層工作沒有什麼大學問，只看你做不做，像現在，不管做得好壞，都是那個職位、那份薪水，加上鄉鎮長無法動得了人，行政績效那自然談不上了，便民措施等等這些成效當然也不會好。」

「我們打個比方，如果你以後當了縣議員或鄉鎮長，你最想做那些事呢？」

「我們這邊醫生太少了，全鄉就只有三、五個，又會敲竹槓，而且設備也不足。尤其是山裏幾個偏遠村落，離鄉公所這邊差不多有三、四十公里，山路又不好走，如果發生急難，那可眞不得了，所以我想最先要向政府爭取設立一所醫院，尤其在偏遠山區要設個衞生站，有一兩位醫師長駐在那裏。」

偏遠地區的交通和醫療問題，的確是當前地方基層建設的一大困難。幾年前，花蓮一所偏遠國校兩位老師，在赴校渡河途中葬身洪流，政府爲紀念他們的殉職，籌建一座大橋以資紀念，這的確顯示了交通不便的嚴重性。這次我們在臺東就看到了幾處類似的情形，有的山區裏小學生上學途中必須跋涉過河，如果河水上漲太高，這一天的課就上不成了。據說在偏遠地區的一些代用國小或國小分部，常有學生一天來一天不來的情形，就義務教育的強制性和完整性而言，這不啻是一大死角。

從現代的福利觀念看來，偏遠地區建設經費雖然高昂而且缺乏眼前的經濟效益，但卻是一項無可旁貸的職責。近年來，偏遠鄉鎮及山地鄉的人口外移情形十分嚴重，除了就業機會少之外，交通不便和醫療、保健的不足也是重要的因素，它造成的影響非常深遠。目前山地鄉的年輕男子就因女孩子大量往外地跑，而形成缺乏對象成婚的景況，另外，山胞大量外移也造成了當地社會、文化的急速變遷，代溝與價値失落問題就頗爲嚴重。今天，我們在山地民俗村已不容易看到一場純淨的表演了，取而代之的則是俗艷、公式而「現代」的歌舞團，反映在背後的，是年輕人的追逐聲色近利、傳統價値觀念的墜失，以及老年人對於古老文化失落的徬徨，最近有關山地文化的研究也指陳了此一隱憂，但是，難道這就是一個獨特的文化型態在現代化社會裏的最終命運嗎？難道，這也就是所謂的傳統社會的消逝嗎？

回顧煙山，這個沙塵瀰漫的山村，是否也面臨了相同的命運呢？

「胡先生，你成家了吧？」

「還沒有。」

「有沒有適合的對象？」

「嗯，也還沒有。不急嘛！」

「煙山這邊年輕人遷到外地的情形怎麼樣？」

「鄉下地方嘛，受教育機會少，就業機會也不多，再加上農業蕭條，所以有點發展前途的，往往都集中到大都市去了。比如說，要唸高中的話就一定要到外地去，如果程度好可以唸大專的，畢業後往往就留在當地做事了。只有在每年過節時候回來看看老家，有的嫌來往麻煩，乾脆就把兩老接到外地住去了。至於女孩子，那更不願待在鄉下了，大家多半喜歡都市繁華的生活。聰明點的，當然出去唸書了，其他有的長得漂亮的，想辦法參加歌星、影星甄選，一炮而紅，我們鄉裏就出了兩個名歌星，都賺大錢了。另外，有許多人在工業區做女工，賺了錢除了自己花，還可留給家裏一些，總之，願意待在家裏眞是越來越少了。」

「她們在外面容易找對象嗎？」

「條件好的當然不成問題，其餘的就很難說了。有些工廠工人很複雜，做工的女孩子就很容易上當受騙，甚至有時候就這樣墮落下去。我自己有個小學時要好女同學到臺北後沒多久就變了，最後，唉！竟淪落風塵。眞是可惜得很。」

我停了半晌。

「你自己是不是因爲這問題而猶疑不決呢？」

「嗯，嗯，可以說是吧！」

五、白描

餐後，衆人皆回公所休息，我則信步朝東走去，據鄉長說，煙山就只有這條主街，放眼看去，只有百來公尺的光景，路不太寬，剛好可容納兩部大客車交會，地上濕漉漉的，和著一層厚厚的黏灰，一腳踩下去，灰泥就氾濫開來，然後像龍鬚般地爬佔在鞋的兩側。路面不太平整，凹洞處處，不小心，鞋身陷了下去，整隻就都染灰了。一腳的灰。

馬路兩旁有各色各樣的商店，騎樓下，看不到老式的紅磚房子，一幢幢都是水泥店舖公寓，正面鑲滿了碎細的馬賽克磁磚，花綠花綠的。側面是光凸凸的一整塊水泥牆壁，著銹的鋼骨露出頭來，點綴在四角。有的人家在牆上打個洞，配上艷鮮色的窗子，還有的在上面掛了塊市招，都是冰箱、汽水之類的廣告牌子，其他未遮到的地方則任它空閒著，白灰灰的一大片。

騎樓下有些許行人，幾個小孩子在打打玩玩。還有幾家麵食攤，四面圍坐著竹凳，攤子主人在吆喝叫賣。再下去十來公尺，一幅俗艷的巨幅彩圖板擱在過道旁，蘋果綠配上鮮紅，再用螢光漆描上了邊，好像布袋戲臺上那種襯底的圖景，耀眼極了。定神看去，赫然四個朱紅的大字：美春茶室。我趕緊走到對街，才瞧見那門口坐著一個冶艷的婦人，懶洋洋的左右望望，茶室裏一團漆黑，只見斑駁的木門半掩在外。

順著路下去，前面開始臨彎道了，視線在此打住，轉身朝北，擡頭望去，一巨幅裸女圖橫臥在前，下面一行斗大的紅字：「包君滿意，保證癢眼，雪峯歌舞團」。廣告牌底下，陰暗的售票口前排了三四個蓬髮的年輕人，襯衣露在外面，搭著兩三顆扣子，手上油黑油黑的，口裏嚼著檳榔。正待離開，才驚見售票窗口上四個暗金的銅字：文化戲院。然金漆已殘褪了。

六、民選呢？還是官派呢？

下午二時三十分，我們會晤了村長代表和鄉民代表，首先請問了大龍村游村長。

「我們這一行曾訪問各種不同類型的鄉鎮市，關於村里這一級，各地的意見相差很大。在都市地區大部分意見都認爲村里可以廢除，而偏遠鄉鎮則因幅員遼闊，交通不便，都主張村里這一層的功能有待加強，游村長，你的看法怎樣？」

「我想先說一點，就是我們大龍村是鄉公所所在地，大家有事都直接到公所去辦了，所以設村辦公室沒有什麼意思。但是對於本鄉其他各村來講，村這一層還是很重要的。譬如上個月我們東邊山裏的大坑村，有一家大人發生車禍，他的妻子小孩都不識字，也沒能力謀生，結果村長發動村民募捐，又幫忙他們到公所辦急難救助，終於渡過難關。類似這種情形，我想各地都會發生的，但是如果沒有村里這最基層來反映和幫忙解決問題，那麼我們鄉下老百姓的福祉就要打折扣了。」

大坑村的村幹事林先生也在場，他去年才從軍中退役，經過考試後，也加入了基層工作。

「林先生，有些地方的村里長和幹事建議，在鄉鎮裏的偏遠地區聯合幾個村里設置一個辦公室，村里幹事則定期輪流返公所辦公，也把代辦的事帶回公所，這樣可以便利偏遠地區的民衆，你覺得這種構想怎麼樣？」

「這的確是挺好的想法。對我們山區的民衆來講，交通實在是個大問題。像我的摩托車最近壞了，今天一大早從村裏過這兒來，走了將近三個鐘點才到。如果聯合一兩個或者三四個村建個辦公室，形同一個小型的公所，可以把一些簡單的事就近爲民衆解決了，這樣可以增加很大的方便。但問題在怎樣設置，設置在那裏，我想各村之間可就有的爭議了。」

「我補充一點，」鄉長又加入了。「這種聯合辦公室主要還是做爲一個層轉單位，由村長、村幹事多提供一些服務，像是塡寫表格、轉送資料之類的，它主要好處就是便民。但目前鄉鎭公所的經費，並沒有能力建個辦公室，要找個合適的辦公場所也很不容易。而且各村之間的距離有時還很遠，選擇一個大家都方便的地點實在相當困難，所以這個構想要實際做得好還是頗有困難的。」

鄉民代表會來了三位老先生，枯坐一旁，我轉身過去問他們。

「各位鄉民代表有沒有什麼意見？請主席先發表一些意見吧！」

鄉長盯著代表會張主席看。張先生已過中年，滿頭白髮，講國語有些困難，回看著鄉長，好像有點疑惑。

「我也沒有什麼特別看法，就是請你們去告訴中央，鄉公所太窮了，建設經費實在不夠，我們代表會每年提的案，一牽涉到用錢的，大部份都沒有消息。」

「我們會把你們的困難向中央建議改進的，這次我們來，就是希望把地方基層中大大小小的困難通通發掘出來，然後做建議，希望你們有什麼話不要藏著不說，任何問題講出來，對大家只有好處。」

「剛才主席說到代表會的議案提出後就沒有消息了，那麼公所有沒有提請代表會覆議呢？」

「有啦，很少就是了。」張先生的眼睛仍然盯著鄉長，神情有點緊張。

「公所有沒有把代表會的決議案列入下年度預算的重點呢？」

「很少，花錢太多的，也實在沒辦法就是了。」

「代表會對這種情形怎麼處理呢？」

「處理？沒錢還談什麼？還不算了？」

「那怎麼跟民衆交代呢？」

「大家都知道困難很多啦，村民大會裏的提案也一樣大都做不到，大家都習慣了。」

張先生說話時神情不太自然，眼睛一直徘徊在我和鄉長之間。我乃轉向鄉長。

「鄉長，公所對於一般代表會和村民大會提案都怎樣處理呢？」

「這些提案絕大多數都是屬於經建事項，譬如產業道路的改善、橋樑的修建等等，多半都不是鄉公所的經費能力範圍內做得到的，所以也就沒法執行了。本來對代表會的決議案，要是做不到的話，是應該送請他們覆議的，但提案太多了，大都做不到，也就很少有送請覆議的。

其實這也沒什麼，代表會也很清楚，我們的預算、財經，一切公開，有多少錢，辦多少事，覆議與否都一樣的。」

「那麼一般提案中做不到的大概有多少的比例？」

「六、七成左右。」

「六、七成？」

「對，這是沒辦法的事，我們已經盡力在做了。」

「游村長，那一般村民大會有多少人來參加呢？」

「很少，有的時候還是千拜託萬拜託去拉人來湊足數才開成的。通常住在附近的老百姓還願意來坐坐，見見面聽聽報告聊聊天，遠些的、忙的，從來就不來囉。」

「偏遠的村子比較好，」林幹事補充道，「因爲半年才開一次會，平常見面少，大家可以藉聚會聯絡感情，所以到會人數比較多，不過，村里民大會召開的問題實在多得很，像是決議案無法執行，政令宣導佔去太多時間，開會流於形式、枯燥等，都是會開不好的原因。所以一般而言，開會情形都不理想。」

「張主席，在縣府以上機關的府會關係裏，議會的決議案都具有強制的效力，如果無法達成，行政首長必須有充分的說明，否則也要提請覆議，在鄉鎮民代表會方面，也有類似的規定。在這裏，我先說明一點，今天我們來這裏，並不是持著上級監督者的立場，而只是希望以客觀的身份儘量了解到問題的全貌，藉以作一個整體性的建議。

我想黃鄉長也願意把實際工作的困難告訴我們，只要大家開誠布公的講，問題都好解決的。現在，讓我們回到剛才的問題，你覺得代表會的職權是否受到尊重，是否充分發揮了呢？」

張主席的眼神仍然閃閃爍爍的，停了一會兒，做了個深呼吸，像是鼓足了氣。

「憑良心講，今天代表會太不被重視了，我們的決議案對公所一點約束力也沒有，當然公所的困難我們也清楚，他們每天精力都花在處理上級交辦的事情上，自治事項，在相形之下，比重太輕了。你想，經費完全受限於上級，辦的業務又多半是上級交下來的，這樣的自治，怎麼做得好呢？」

「謝謝主席，我想順便談到一點，就是鑑於當前鄉鎮市沒有能力發揮自治功能，而且有日漸流爲行政官署的趨勢，所以有人建議乾脆將鄉鎮市改爲虛級，成爲縣的派出機構，這樣的話，鄉鎮長也就改爲官派了。當然這個議案牽動的幅度很大，也不可能短期內改變，不過我們希望聽聽大家的意見。是不是先請鄉長談談。」

「好的，這個問題事實上過去就討論過了。我的意見可能跟代表會和村長們的意見不太一樣，不過大家談談溝通溝通也好。

根據我多年服務公職的經驗，感覺當前鄉鎮的財源枯竭，所以推動地方建設很困難，而且鄉鎮的自治事權很小，只有自治團體之名，而無其實，如果能改名就實，將鄉鎮改爲虛級，由縣考慮全盤，作統籌的規劃，這樣才能使鄉鎮的建設比較落實。而且講良心話，我們做鄉鎮長的很多都沒有行政經驗，加上任期只有兩次，到了第二任的時候往往會考慮到自己將來的出路這些問題，很難全心全力顧到公事，所以會發生很多行政上的問題。如果改由縣府遴報民政廳核派，能夠派由行政專才來擔任鄉鎮長，這樣地方基層建設就可以做得更好一些。當然這只是我個人的意見。」

「張主席，你的看法怎麼樣呢？」

「我想還是民選比較好，民主時代嘛，有選總比沒選好，對不對？至於錢的問題，可以向上級多建議，還有請縣議員多幫忙講講嘛，總可以解決的。」

「游村長，你的意見呢？」

「我跟主席的意見一樣，有選還是比較好啦！」

「我想提一個綜合的意見給大家參考參考，美國有些城鎮實行一種市經理制，就是聘請一位行政專家擔任市經理，而另外還是有民選的市長，市長仍然要對議會負責，有的地方，市長本身就等於是議長，至於市經理就只負責行政事務，不牽涉到決策工作，他也不受市長任期的影響。這樣一方面可顧及到民意，也不會妨礙到行政事務的推動，你們覺得怎樣？」

「好是很好，但市長和市經理如果合不來怎麼辦？還有，如果市經理是上級派下來的，誰有權任免他？」

「還是由上級任免的，不過代表會如果不滿意他的行政績效，可以建議上級調換。當然這樣民政監督工作就相當重要了。

不過這只是一個初步的構想，實際還有許多細節問題要考慮。時間也不早了，不知大家還有沒有什麼意見？」

「有啦，有啦。」主席急切的接腔了，「拜託你們回去告訴上面，我們這邊石灰廠的污染太嚴重了，幾十年來一直沒改善，每天大家一出來臉都是灰灰的，滿街也都是灰灰的啦，噢，拜託拜託，請他們快點解決這個問題。」

「好的，我們早上跟鄉長都談過了，回去一定會建議，一定會反映的。」

「今天晚上各位要不要留在煙山休息，我們代表會已準備好酒席，晚上如果願意留在我們小地方住，這裏還有一家旅館，不是很好的，但什麼都有，還勉強啦！」

「不，謝謝謝謝，我們還要趕回去，已經四點多了，我們一定要回去晚餐的。對不起，謝謝大家好意，一定要告辭了。有機會再來。」

「不留下晚餐啦！」

「對不起，謝謝……。」

「下次來一定要留下喚！」

「一定，一定。謝謝各位！」

七、招別的手

「離開公所前，鄉長悄悄跟我們說，代表會主席跟他是兩派的，所以意見不太一樣，我們告訴他，煙山的派系關係如此和諧，已經是很難得的。大家肯開誠的談，證明鄉長負責盡職，人緣也很不錯了。他聽了甚爲感動，緊握著我們的手，良久，良久才鬆開。上車前，他要我們一定再來煙山，不是以考察研究的身份，而是抱著關懷煙山的心來，他要做東道主，好好款待我們。

車子又發動了，鄉長招別的手也越來越小了，整個身影漸漸地在煙塵中消逝。我望著西邊初露的晚霞，天際已不再那樣沈鬱，而回首煙山的沙塵，只覺它已不像早上來時那樣的淒迷，而大地，也不再、不再蒼茫了。

尾語（民國六十九年）

去年中秋，我離開臺北，再度南下，距前次的南北訪行，時隔一年。重逢的偏遠小鎮，已展露了新生的契機和希望的遠景。

今年仲夏，全國行政會議召開，地方自治的主要困境，都得到了充分的認知與瞭解，加速基層建設方案也在積極著手進行。或許，煙山的鬱抑消沈將就此成爲歷史，「煙山一日談」也終將留爲臺灣現代化發展經驗中的一點腳註，徒堪憑弔罷了！

現代化的歷程是痛楚和欣喜的交織。煙山，這個歷盡風霜的澀果，或許就要在人們的希冀中，成果而甘了。

讓我們引頸企望！

《中國時報》民國六九年十二月十二、十三、十四日

（第三屆時報文學獎報導文學優等獎作品）

中國婦女在轉型時代的角色

對於關心中國文化發展的人們而言，傳統的消逝與人文精神的淪喪是一件值得惋惜而又無可奈何的事情。雖然從思想之變的角度看來，一八九〇年代與其後的五四年代，確可視爲中國文化發展上的分水嶺。但是由於五四的狂飆主要僅限於少數的大都會，而在中國內陸的大部份地區，傳統的價值與傳遞傳統精神的媒介（如古文教育、私塾教育、家族制度等）仍然存續著，因而傳統的精神並未隨五四的反傳統氣燄而消亡。相反的，今天即使是在許多「五四遺老」身上，我們仍然可以親身的體會到深厚的傳統人文精神與文人氣息。而這份氣息與精神，卻正是年輕一輩的中國人所欠缺的。如果從分析的眼光探索這段「文化斷層」的歷史成因，一九四九年前後的中國離亂也許正可視爲一項重要的分水嶺。

以一九四九年視爲分水嶺，可以從臺灣與海外中國人社會中的許多現象中獲得證實（如退伍的榮民和軍中的老士官）。但最明顯的例證之一，則莫過於中國婦女在角色與價值觀念上的重大轉變。

如果用比較的眼光探索這項轉變的特色，我們可以約略的歸納出兩項重要的差異：一方面是勤勞持家的母性形象已經逐漸轉變爲一切要求平權的新婦女形象，另一方面則係樸素的母儀形象逐漸削弱，以及性象徵期間的延長。

從人權平等的角度看來，中國婦女要求平權化的潮流的確是一項重大的進步。在東亞文化圈中，臺灣婦女在爭取平權化的成就上，早已超越日、韓，甚至遠勝於新加坡等華人地區，與西方歐美地區比較起來，有組織的婦女運動在臺灣雖然並不發達，而且婦運所訴諸的抗議形象也不明顯，但是在許多方面（如不冠夫姓等），臺灣婦女反而享有較西方婦女爲大的權利。不過總括而言，臺灣婦女受歧視與壓抑的情況仍然相當普遍（如代夫坐監的票據犯案件以及殘存的一夫多妻的「細姨」現象），而且婦女在獨立自主的地位上也較西方婦女相差甚遠。其結果則是，表面上婦女雖然擁有平等，甚至有時獲得較高的地位，而實際上卻往往不過是扮演花瓶罷了。最普遍的現象包括，婚前男友的百般遷就，以明愛心，但在婚後卻變爲大男人主義掛帥，演至夫妻反目。強硬的女性寧可拋棄婚姻的枷鎖，尋求獨立，柔弱的則只有逆來順受，嫁夫隨夫了。

女性地位所受到的壓抑，亦可從政治、學術及工商業各界中女性領導人物較少的現象中看出。雖然在理論上與法律上，婦女往往擁有公平的競爭機會，但由於歷史的成因（女性就業及接受完整教育的期間不過數十年而已）及性別、體格及家庭包袱等方面的差異，成功的職業女性在比例上仍屬少數。此一現象雖然並不限於臺灣或其他中國人地區，在歐美亦相當普遍，可是在這些相類的表象背後，中、西間婦女角色卻存在著極大的差異，此即婦女獨立能力與反省精神的殊異性。

由於長期以來，西方世俗文化透過強大的影藝與傳播媒介侵入臺灣等地，傳統中國婦女柔弱的形象乃被轉化而爲裝扮、性感與嬌媚，七十年代以來，健身院、舞蹈班之類強調身材美的設施進一步移植而來，更爲女性愛美的風氣注入一股強心針，撇開健身院或有氧運動所揭櫫的運動文化等說詞，「珍芳達運動」所象徵的還包括了有錢、有閑以及女性性象徵期間的延長，對於中國婦女而言，瓊・考琳絲以五十高齡公然登上《花花公子》雜誌的作法也許不可思議，但她的身材以及她所代表的「肢體文化」卻對許多人擁有相當的吸引力。事實上，珍芳達與考琳絲眞正的差異不過是，前者是從反越戰英雄一變而爲性感象徵，而後者則持續不斷的扮演著一個風騷女人的角色罷了。但是，中國婦女在接受珍芳達所代表的健美的同時，卻可能忘了她也曾是婦運的獨立象徵，同時也忽略歐美婦女在追求健美之際，所受到的性感文化的感染力。這股感染力，透過傳播媒介的推波助瀾，已經對部份美國婦女構成了嚴重的精神壓力，節食、健身（有許多婦女花上三分之一的收入投進健身院，甚至因健身鍛鍊而受傷）、挨餓甚至厭食至死（如女歌手卡本特），都是這種一窩蜂潮流下的變象。雖然美國婦女追求獨立自主，但在這種風潮的激盪下，許多人尚且不免喪失了自我反省與抵拒風潮的能力，而對於在獨立地位上比之更嫌不足的中國婦女，又如何擺脫在健身、性感風潮背後，潛伏的男性沙文主義巨靈呢？

獨立能力與反省精神的不足，亦可從以一九四九年爲分際的婦女代差中看出。在離亂中成長的上一代婦女，多多少少曾受到傳統文化的洗禮，而在顚沛流離之中，她們也體會到傳統婦德（堅忍、勤勞、貞毅等價值）的可貴性，因此無論在持家、相夫或教子等方面，她們往往能任勞任怨，安排得有條不紊。因爲，對於她們而言，母儀的風範早已超越各種享樂與虛榮的裝扮。也許，和珍芳達或考琳絲比較起來，她們在聲色上顯得黯淡無光，但在母親和妻子的角色上，卻是成功多矣，而對於家庭制度的維繫，也是居功厥偉。當然，對於某些新一代的中國婦女而言，她們母親的堅苦耐勞，甚至忍氣呑聲，實不足取法。但她們在爭取女權獨立與自主的同時，卻應不斷反省：自己是否曾接受過母親那一輩的傳統文化洗禮，是否眞的在拋棄勤勞、刻苦、貞毅的同時，也獲得了社會的尊重與獨立自主的能力及地位！

就我個人而言，傳統母儀的淡逝，並非女權化潮流中的成就，相反的，這卻是中國新女性的一大損失。在我與師友輩的談話中，總深深感覺，傳統婦女的堅毅自持，才是家庭和諧的最大保證。（當然，男性本身的平權化要求及自我反省與實踐的能力，更是要件。）至於某些新女性的形式化平權要求，實際上卻只是求嬌求美，而且動輒以離家離婚爲要脅的作法，卻不僅未能維護婚姻或實現自我，相反的，也使她們本身捲入深度的焦慮與苦惱之中。對於新女性所要求的平權化的目標，我不但支持，而且認爲還應繼續發展下去，以求取制度、法律與社會地位上眞正的公平。但我也認爲，在平權化的同時，全盤拋棄傳統婦德與母儀風範的作法，絕非明智之舉。事實上，在傳統女性的端莊、勤勞、和藹與珍芳達的魅力、激進、性感之間，許多新女性終究還是會心儀前者的。其因無他，人乃是從傳統中衍生成長的，卽使是反傳統主義者，也不得不受到一部份傳統因素的影響，並在許多價值態度上保留了根深柢固的傳統性格。因此，新時代的女性絕不必要，也不可能全然擺脫她們所深懼的「傳統女性」的角色，相反的，透過人生的體悟與智慧的反省，她們仍然可以在傳統的婦德與當代的女性主義之間，求取中庸與平衡的綜合。

事實上，女性主義的成就，絕不必像當年激進的婦解領袖一般以衝決羅網的作法，落得家庭破裂，一婚再婚，甚至最後孑然一身；也絕不必是珍芳達般的性感象徵，在反戰、婦解與好萊塢文化間馳騁，飽賺私囊，但也曾面臨越戰退伍軍人的暗殺威脅。相反的，女性主義者必須逐漸邁過尋求解放的狂飈階段，在制度改革與文化更新的基礎上，將婦女平權化的成就落實在傳統婦女角色的轉型之上。惟有在這樣的結合基礎上，婦女的「第二性」地位才會逐漸提昇，進而變成真正平等並受敬重的性別角色。而傳統的家庭制度與天賦的母性角色，也才會得到保障。新一代的女性必須切記，娜拉的拋棄婚姻與家庭，只是狂飈時代不得已的犧牲作法，在尋求解放的狂熱與偏執之後，女性終究需要制度化的保障，讓她們在較大的人道與公平條件下，回到家庭、回到社會中去的。平權化的潮流與標的絕不是一日而期的，智慧與時間才是最大的保障。中國婦女唯有憑藉時間與經歷的磨練，才能形成智慧的抉擇，使她們擺脫無知、卑微與狂傲偏執的兩極；也才得使她們在傳統與現代之間，尋得最後的安身立命之所。

《中國時報》民國七三年八月十六日

卷二

聆樂心情與觀影經驗

巴碧亞

一

一九九一年八月間，美國總統布希造訪蘇聯，離開首都莫斯科後不久，來到烏克蘭首府基輔，向國會發表演說。布希面對著該地議員要求獨立的告示牌，清楚地告誡所有烏克蘭人民：

「你們要拒斥自殺性的民族主義！」

半個多月後，蘇聯爆發流產政變，總統戈巴契夫經歷四天的拘禁後返回莫斯科，蘇聯共產黨面臨解體，俄羅斯帝國也走向分崩離析的亂局。

八月下旬，繼波羅的海三國之後，烏克蘭正式宣布獨立！俄羅斯總統葉爾欽旋卽警告烏克蘭，必須先與俄羅斯商討領土及邊界問題，並要求烏克蘭歸還黑海沿岸港口及克里米亞半島。此一聲明，立即引起烏克蘭當局的強烈抗議，並使政變失敗後的樂觀氣氛一掃而空。「自殺性民族主義」的警語言猶在耳，卻幾乎是一語成讖。

布希總統訪問基輔時，也特別赴巴碧亞（Babi Yar）峽谷，向二次大戰期間的死難者悼念。巴碧亞，這塊猶太人的傷心地，正是俄羅斯與烏克蘭民族主義心結的象徵，以及，許許多多蘇聯藝術家和知識份子努力突破及超越的禁忌。

二

當代最傑出的蘇聯作曲家蕭斯塔高維奇（D. Shostakovich, 1906~1975），一九六二年創作了著名的第十三號交響曲《巴碧亞》（op. 113），並於當年十二月十八日在莫斯科音樂院首演，由著名指揮家孔德拉辛擔綱。兩天後，做了第二次演出。但是第三次演出卻被無限期的延後，表面的理由是獨唱者生病，實際原因卻出在這首交響曲的歌詞上。

蕭氏的第十三號交響曲，和馬勒的許多交響曲一樣，包含獨唱及合唱。《巴碧亞》事實上是一種康塔塔形式的作品，包括五首歌曲，第一首即〈巴碧亞〉，全曲時間約十七分鐘，其餘四首主題分別是〈幽默〉、〈在店中〉、〈恐懼〉和〈生涯〉，時間均稍短，整個交響曲則長達六十五分鐘左右。由一位男低音擔任獨唱，配上男聲合唱和交響樂隊，聲勢十分壯觀，也頗具東正教唱詩班的風格。

蕭氏在處理此曲時，相當重視氣氛的經營，由沉鬱而緊張，由危機四伏而漸趨高昂，最後回復平靜，再經幾番起伏，緊扣心弦，感人至深。

首演之後雖因政治緣故而不尋常的未見官方樂評，過後的專業評論卻多對樂曲大加讚揚，但是作詞者葉夫楚先柯（1933～）卻備受批評，這也是此曲演出大費周折的主因。

一九六二年底第二次演出後，蕭氏在強大的政治壓力下，不得不同意改變歌詞，葉夫楚先柯本人也在極不情願的情況下，默默接受了此一改變。

造成此一改變的眞正原因，則必須回溯到一九四一年。

一九四一年六月廿二日，德國納粹軍隊入侵蘇聯，九月十九日，占領烏克蘭的基輔。五天後，一連四、五日的炸彈摧毀了基輔市中心的主要街道建築，納粹份子立即散布謠言，將此一爆炸事件歸罪於烏克蘭的猶太人。由於過去史達林的恐怖政策在烏克蘭造成嚴重的死傷，而烏克蘭人又懷疑猶太人爲其幫兇，因此納粹乃巧妙運用此一反閃族主義者的反猶情緒，並著手展開了一連串慘無人道的大屠殺。

一九四一年九月廿九日、三十日兩天，爲數三萬餘的猶太人，被送往基輔市北郊的巴碧亞峽谷執行死刑。隨後的兩三個月，共有十萬人死於此地，其中九萬人是猶太人，約居基輔市猶太人口的半數。

值得注意的是，當納粹入侵之際，仍有二十萬猶太人居住在基輔，但大部分成年男子都被捕他遷或隨蘇軍撤退，因此到九月間留下的猶太人多係老人、婦女及孩童，其中大約有三成係年紀小於八歲的幼童，跟隨祖父母留下未走。而由於在一九三九至四一年間，德、蘇之間爲同盟關係，因此蘇聯當局刻意封鎖納粹德國在西歐殺戮猶太人的消息。結果，一直遲至猶太人在基輔被捕之際，他們都還以爲德軍會將其遷往德國或送回中東巴勒斯坦一帶安置，卻不知無情的死神已經君臨了。

在猶太人被捕與受難的過程中，雖然有少數的俄羅斯人、烏克蘭人救了一些猶太小孩，使他們得以倖免於難，但其後一生，他們卻多掩飾自己的猶太身分，方得苟全於世。而且，必須一提的是，雖然納粹在四年後即已潰敗，東歐及蘇聯各地的反猶氣氛，卻絲毫未衰。一九五〇年代，保加利亞的領導階層曾進行大整肅，目的就是清除領導層中的猶太人。因此，在反猶傳統深厚的烏克蘭紀念巴碧亞，就成爲一項十分嚴重與敏感的事了。

烏克蘭血統出身的赫魯雪夫，雖然在史達林死後實施開放修正政策，但對巴碧亞問題始終抱持強烈反對平反（或紀念）的態度。一九六二年十二月十七日，也就是蕭斯塔高維奇第十三號交響曲首演的前夕，赫魯雪夫的文化事務總管伊里契夫，還警告蕭氏應取消第二天的演出。蕭氏雖然拒絕，但最後仍不得不屈服，並被迫修改此曲的歌詞。

其中改動的地方有二處，一係第五行至第八行，另一則是第四十三至四十六行。前者內容，係葉夫楚先柯自喻爲一流浪在埃及的希伯萊人，改正後的詞句則是這樣的：

我站在這裡就像立足在一口井泉邊，
讓我對我們兄弟般的情感產生信念，
這裡躺著的是俄羅斯人和烏克蘭人；
他們與猶太人一樣葬在同一處墳場裡。

很顯然的，改動後的詞句是相當八股的，而且有意淡化在這座墳場中九成死者是猶太人的事實。至於所謂「兄弟般的情感」，就更有粉飾太平、掩蓋反猶太主義盛行的意味了。另一處原是葉夫楚先柯自比爲巴碧亞的死者，包括老人與小孩，在做無聲的吶喊。但這一段則被改爲：

我想起俄羅斯的英雄事蹟，
以它自己的身軀抵擋著法西斯主義的侵凌；
奉獻微不足道的一點滴，
親愛的俄羅斯為了你的生存與運命。

這段更動的詞句，無疑，也可作爲「社會主義的寫實主義」藍本，愛國主義情緒洋溢，卻與作者原先的控訴無涉。不過在此次更動之後，《巴碧亞》的第三次演出就獲准了。但是，歌詞更動之後，蘇共官方仍不滿意，一九六三年二月十日，第三次演出之後，官方評論出現，認爲作曲甚佳，但歌詞仍有缺憾，並乾脆建議蕭氏最好「大幅度改動歌詞，或者完全揚棄它」。

一個月後，赫魯雪夫在三月八日舉行的一次文藝檢討會議中，公開指責〈巴碧亞〉一詩的不當。他說：

這首詩的作者未能真正展現與譴責法西斯主義者，尤其是該為巴碧亞大屠殺負責的法西斯罪犯。這首詩顯示似乎只有猶太人才是法西斯惡行下的受害者。然而，希特勒這個屠夫謀殺了許多的俄羅斯人、烏克蘭人和其他的蘇聯少數民族。這首詩卻顯示了他的作者未能表現出政治上的成熟，而且忽略了歷史事實。……自從十月革命以來，猶太人在蘇聯享有與蘇聯其他民族一樣各方面的平等權利。在我國並無猶太人問題，想要製造此一問題的人，不過是奴性般的重複他人舊說罷了。

但是，赫魯雪夫的辯解及指責無濟於事，蘇聯的民族紛爭不但未曾稍歇，而且益發激烈。而巴碧亞這塊種族殺戮的血腥地，也不但未能如願的改成紀念公園，反被官方派出推土機填平，準備改建爲公寓和電視塔。蘇共當局顯然是想將這座大墳場，自人們記憶中永遠除去。

一九六四年十月，赫魯雪夫被整肅下臺，知識界、文藝界的「小陽春」持續了好幾年。第二年的六月，蘇聯國家領導人之一的柯錫金在拉脫維亞首府里加發表演講，譴責「民族主義、強權沙文主義、種族主義和反閃族主義」。同年十一月二十日，《巴碧亞》交響曲第四次演出。十天後，烏克蘭共和國政府宣布將在巴碧亞立碑，紀念十萬名無辜的死者。這項計畫早在一九五九年即已提出，卻因莫斯科當局的反對而延擱了六年之久。

但是，隨後幾年的國際情勢變化，包括一九六七年六月的中東戰爭和一九六八年的捷克「布拉格之春」，造成蘇聯當局與以色列及猶太人的關係惡化，巴碧亞紀念碑也因而一延再延。

一九七〇年十二月，一羣猶太人在聖彼得堡劫機，試圖逃往國外。一九七一年起，國際壓力不斷要求蘇聯允許猶太人移民，但蘇共當局態度仍然十分強硬。一九七二年，有廿七位猶太人因爲在巴碧亞墳地上置花紀念而被捕。第二年，有成千的猶太人因試圖在巴碧亞舉行宗教儀式，被警察驅離。在此期間，有關巴碧亞的一些文學作品，也受到各種阻撓，不得刊行。

巴碧亞紀念碑歷經波折之後，終於在一九七六年的夏天完工了。這是一座約三十呎高，幾十個受難者糾結在一起的石像，豎立在一條緩坡的盡頭。紀念碑上有下列的刻文：

> 一九四一到四三年間，在這裡，德國法西斯侵略者殺害了超過十萬的基輔市民和戰犯。

至於《巴碧亞》這首交響曲的歌詞，則在一九八三年獲准按原先的形式出版，不須再依「欽命」改動歌詞。最近幾年各種版本的交響曲演出，包括羅斯托波維契指揮美國國家交響樂團，及海亭克指揮荷蘭音樂會堂交響樂團演出的歌詞，也均係採取此一原版。在此次全詩出版之際，原作曲者蕭斯塔高維奇已辭世八年，葉夫楚先柯（他並非猶太人）自己則在出版時加上了一段重要的注言：

巴碧亞是基輔郊區的一處峽谷，希特勒的黨羽在這裏殲滅了數以萬計的蘇聯人民，包括猶太人、烏克蘭人、俄羅斯人和其他基輔居民。在寫這首詩的時候，巴碧亞一地尚無紀念碑。現在則已豎立了紀念法西斯主義下犧牲者的碑石。法西斯主義以種族屠殺的手段加害猶太人。現在，在歷史的神奇弔詭下，以色列政府也以種族屠殺的手段加害巴勒斯坦人，他們已被强行驅離了自己的土地。

三

一九八九年九月下旬，離開了自由化浪潮初動的東歐，我來到了蘇聯，也造訪了基輔市的巴碧亞。由於長期以來聆聽蕭斯塔高維奇的音樂，也關心蘇聯東歐的歷史及時局，當我驅車趕到巴碧亞時，內心感到的不是沉痛，也不是原先預期的感傷，而是淡淡的憂愁與無奈。

在巨大的石碑陰影下，我感知到人類生命的卑微。十萬人的青塚不過化爲一片草場。但是單在烏克蘭一地，這種人命卑賤的殺戮事件，卻已在近代史中出現了好幾回呢！

一位基輔市的導遊告訴我，每一個烏克蘭人的家庭，在過去半個世紀裡，都經歷了不同程度親離子散的悲痛。有的人死於史達林的大整肅，有的人在農村集體化過程中不幸湮滅，也有人爲納粹所殺，還有的人在戰後因KGB逮捕而神秘失蹤。因此，每當烏克蘭人要辦結婚喜事時，都要穿戴著禮服白紗，到各處的紀念碑追悼死去的親人。因爲，往者已矣，但新的生命卻永不能停息！

烏克蘭人的命運多舛，正像是巴碧亞所象徵的猶太人一樣。一九九一年的民主浪潮，雖然敲響了蘇聯共黨的喪鐘，卻也使種族主義和褊狹的族羣意識復甦，並在蘇聯各地掀起獨立、反獨立、族羣傾軋的巨流。最後，又形成了新的流血、仇恨和寃寃相報的恐怖氛圍。

於是，當世人正莫名的爲蘇、東、波的解放而雀躍之際，我卻看到了波羅的海三國的排猶新浪潮，摩達維亞的羅馬尼亞人反俄民族主義，以及南斯拉夫境內不斷惡化的種族問題。在這一波波以民主與獨立爲名的鬥爭中，我們看到了一個個藉地區民族主義而崛起的民粹型領袖，葉爾欽、華勒沙、米洛塞維契，正是這不斷擴大名單上的幾個「先行者」。長此以往下去，東歐與蘇聯的民主前景就不容樂觀，而族裔鬥爭的血腥史，也就要繼續衍生下去了。

因此，我又想起了巴碧亞。經過了兩年的巨幅變革，在新的民族主義風潮下，巴碧亞這座苦難的象徵，又要經歷什麼樣的衝擊呢？

是成爲烏克蘭人不願再提的恥辱標籤？是轉化而爲烏克蘭人與俄羅斯人鬥爭的新標誌？還是因爲猶太人的被迫遷離，成爲一個遙遠而讓人逐漸淡忘的血痕與印記？

巴碧亞，誰能告訴你？

《聯合報》民國八〇年九月十三日

附錄

〈巴碧亞〉

葉夫楚先柯・原作
(Y. Yevtushenko)
周陽山・譯

在巴碧亞上看不到紀念碑
陡峭的峽谷像是粗糙的墓石
我驚嚇著，
我感覺今天蒼老的像是
像是猶太民族一樣。
我流浪在古代的埃及。
而我在這裡懸掛在十字架上面對著死亡，
我仍然負荷著釘痕
我感覺自己就像是德雷佛斯一樣。
資產階級的暴民指摘我審判我。

我在棒棍之下，被圍困住了，
迫害，指責，詆毀，
穿著華麗的美婦人
尖叫著用洋傘刺戳我的臉。
我感覺自己就像畢爾羅斯托克的小男孩一樣。
鮮血濺滿了地板。
旅店的暴民領袖變得兇狂起來了。
他們嗅著伏爾加酒和洋葱。
我被踢倒在地上，無力抵抗，
我徒然無助的懇求迫害者
他們卻哄笑著：「殺死猶太人，拯救俄羅斯！」
一位糧商毒打我的母親。
唉，我的俄羅斯同胞，我雖知
在內心深處你們都是國際主義者，
但也有人弄髒了手

玷污了你們的令名。
多麼不知羞恥啊
這些反閃族主義者竟公開聲稱他們是
「俄羅斯聯邦的人民」。
我感覺自己正像是安妮・法蘭克一樣，
就像是四月初生的新芽一般脆弱
我在戀愛之中無需言詮，
但我們卻需要彼此的眷顧。
我們能看到嗅到的是這般侷促！
樹葉和晴天都已遠離，
但我們仍有許多可做的事──
我們仍然可以輕柔的擁抱彼此
在幽黯的房中！
──「有人來了吧？」
──「不要害怕，那是春天的聲音，

春天來了。
向我靠近，
快給我你的雙唇！」
——「他們就要破門進來了！」
——「不！這是冰裂的聲音！」
巴碧亞的野草瑟瑟，
樹木警戒著，好似正在進行審判。
這裡彷彿每一樣東西都在無聲的吶喊，
當我揭去帽子，
感到自己的頭髮正慢慢轉為灰白。
我無聲的長嘆。
身下有成千成萬的屍骨，
我就是在這裡被殺害的每一個老人。
我就是在這裡被殺害的每一個孩子。
我的任何一部分都永不忘懷。

讓「國際主義者」狂吼
當世界上最後一位反閃族主義者
終於被埋葬的時候。
我的身上並沒有猶太的血統
但我感到嫌惡憤怒
面對所有的反閃族主義者時
我就是猶太人——
而正因如此
我才是一個真正的俄羅斯人！

（民國八〇年八月譯，首次發表）

《亞歷山大・那夫斯基》與《黃河大合唱》

提起現代俄國作曲家普羅科菲也夫（S. S. Prokofiev, 1891~1953），人們總不覺想起他的交響樂童話《彼德與狼》和舞劇《羅密歐與茱麗葉》、《灰姑娘》等名作。熟悉交響曲的聽衆也會想起他的短小精緻的《第一交響曲——古典》和第五、第七等交響名曲。另外他的歌劇《三隻橘子之戀》、《戰爭與和平》等也是傳世之作。

至於他的身世，頗爲傳奇與波折。三歲他就受母親的啓廸學鋼琴，到九歲時竟然創作起歌劇來（劇名是 Maddalena，但全劇並未完成）。十三歲起，師事林姆斯基—科薩可夫等人學習作曲。俄國革命（一九一七）後他來到美國，在紐約以鋼琴演奏自己的作品，四年後他旅居法國，間或住在德國，一九三二年，由於思鄉心切，普氏終於返抵俄國，從此開始了人生的另一階段。

雖然他小心翼翼，創作了許多「愛國」的成功作品，但在一九四八年，終於遭到俄共當局的批判，在「社會主義的現實主義」政策綱領下，他的作品《第六號交響曲》、《終戰贊歌》等，被指斥為「形式主義」(formalism) 作品，這與悲觀主義一樣，在俄共眼中都是反人民、墮落與頹廢的代名詞。「文藝掌璽大臣」日丹諾夫 (A. Zhdanov) 甚至對他公開抨擊，普羅科菲也夫不得已乃向蘇聯作曲家聯盟寫公開信，進行自我譴責，五年後即鬱鬱以終。

一九三八年，為了名導演艾森斯坦的電影《亞歷山大・那夫斯基》，普氏和詩人（負責譜詞）羅戈夫斯基 (v. Logovsky) 合作，創作了 Alexander Nevsky op. 78 這部康塔塔 (Cantata) 聲樂套曲。康塔塔是一種與清唱劇類似的大型聲樂曲，包含獨唱、重唱、合唱等多重形式，與中國的大合唱頗為近似。

這部康塔塔的主題，是敍述十三世紀的俄羅斯民族英雄亞歷山大（人們尊稱「那夫斯基」）的英雄事跡。但在敍事上，則從當時蒙古與韃靼人盤據下的俄羅斯開始，經歷後來十字軍（由瑞典人與日耳曼人組成）侵略，到最後由亞歷山大號召人民趕走十字軍的整段歷史。全曲計分七個樂章，形式包羅多端。分別為：

一、〈蒙古人統治下的俄羅斯〉：管弦樂前奏曲。一開始就是淡淡的哀愁，描繪俄羅斯草原的寂靜和蒙古人統治下的哀痛。

二、〈亞歷山大・那夫斯基之歌〉：女低音、男聲合唱團及管弦樂。敍述俄羅斯人戰勝瑞典人的事跡。

三、〈在普斯科夫的十字軍〉：仍然是合唱，描繪十字軍在普斯科夫（Pskov）城燒殺劫掠的暴行。

四、〈起來，俄羅斯人民！〉：合唱曲。洋溢著愛國主義的熱情，象徵俄國人民的反抗先聲。

五、〈冰上戰鬥〉：是全曲的重心，以描繪性的交響音樂，顯示嚴寒的冬天，俄國人民擊退日耳曼侵略者的激戰場面。全曲由幽暗中開始，以明朗的氣氛告終。

六、〈死寂的原野〉：女聲獨唱，管弦樂配樂。將一個俄國婦女哀悼未婚夫爲國捐軀的悲情，用低沈的獨唱表達出來。在演唱時，有些樂團是請女中音出任，有的則由女低音擔綱。

七、〈亞歷山大進入普斯科夫〉：管弦樂與合唱。一開始卽是雄偉的合唱，中間夾雜著教堂的鐘聲和歡樂的進行風舞曲，描繪俄軍凱歌與民衆夾道歡迎的勝景。

根據傳記作家舍若夫（Victor Seroff）在《普羅科菲也夫——蘇維埃的悲劇》（一九六八）一書中的記載，《亞歷山大・那夫斯基》這部套曲雖係爲電影配樂而作，但第五與第七兩部份卻經過很大的重組工夫，而全曲第一次在音樂會上演出，則是在一九三九年三月十七日，由普氏本人指揮莫斯科愛樂交響樂團擔任。由於當時演出甚爲成功，使得普氏乃有進一步以俄國民族素材爲主題創作歌劇的想法。普氏後期音樂創作中的民族色彩，也因而更爲強烈。

如果將普氏的音樂與中國近代作品加以比較，讀者可能就會立卽聯想到《黃河大合唱》了。事實上，這兩部作品的確有許多類似之處。《黃河》創作的年代是一九三九年春天，在三月底完成，四月十三日首次演出，可說與《亞歷山大》幾乎完全是同一時段。《黃河》全曲分爲八段，但其中第三段〈黃河之水天上來〉係朗誦部分，一般演唱時多略去，故此七段的結構亦與《亞歷山大》類似。

此外，《黃河》與《亞歷山大》均包括合唱與獨唱，也都包含了一段低幽沉痛的女聲獨唱，哀悼戰死的親人（卽〈黃河怨〉與〈死寂的原野〉）。另外，這兩首曲子均是以民族情感、愛國主義和深厚的歷史意識爲主題，也都包含了慷慨激昂的愛國歌曲合唱。再者，這兩者都包含了豐富的民族音樂素材，甚至均包括一些粗獷純樸的民歌曲調，民族風格洋溢。

除上列各項之外，就作曲者而言，普羅科菲也夫與《黃河》的作曲者冼星海（《黃河》的作詞者係光未然，卽詩人朱光年之筆名）也有一些背景近似之處。冼星海（1905～1945）

的國際音樂地位雖遠不及普氏，但卻與普氏一樣，曾經受到西方音樂的影響（冼氏曾旅法六年），也曾為革命熱情與民族主義而獻身過，同時巧合的是，兩人也都在紅色政權之下，受封過「人民音樂家」的稱號。一九四〇年，冼星海更進而赴蘇聯學習，五年後病故於莫斯科，我手邊沒有資料，無從知悉冼氏在俄的行止，也不知他是否曾與普氏接觸過或受過其影響，但聽過普氏的盛名與樂曲，則應是無庸置疑的。

不過，兩人之間的歧異也甚大。普氏雖然曾被迫或主動的創作過一些「紅色音樂」（如《十月革命二十週年康塔塔》以及為慶祝史達林六十歲生日而作的康塔塔 Zdravitsa 等），但他卻無論在歌劇、舞劇、交響曲、合唱曲、鋼琴協奏曲及奏鳴曲、小提琴協奏曲乃至電影音樂等各方面，都有傳諸後世的精心之作，而他結合浪漫主義、現代主義及俄國民族風格的傑出成就，更足以使其名列世界級作曲家的行列而不朽。

普氏與稍後於他的蕭斯塔高維奇，雖然都面臨過政治壓制與威脅，也都曾不得已創作過一些歌功頌德或意識型態掛帥的作品，但他們一生的藝術成就卻不因這些作品而失色。從此一角度看來，近代中國音樂家，尤其是身處於革命洪流中的作曲家，卻往往由於狹隘的藝術觀、革命情感及意識型態包袱的限制，未能作更大的突破。

當然，藝術成就的高低，還受到作曲家所處音樂環境及所受音樂陶治等條件的影響，在近代中國缺乏深厚的樂教背景，而經濟及教育環境又極爲落後的情況下，期待世界級的中國作曲家出現，未免是過於奢望。但是，從中俄兩國的對比情況看來，同是受到西方文化、革命烽火和共產主義影響的國家，中國作曲界的成績，卻太不成比例了。而若要從中國作曲家行列中，找出一支可與拉哈曼尼諾夫、蕭斯塔高維奇、希涅特等並比的隊伍，恐怕是不易的。

就以冼星海爲例，在後人搜集的數百首作品中，泰半係短篇的革命歌曲或愛國歌曲，而大部份歌曲都是在匆匆的幾天內完成的（《黃河》這樣大的曲子也是在六天日夜趕工下寫完的）。從一九三五至三八年三年中，冼氏一共完成了四百餘首革命救亡歌曲，另外他還寫過多首大合唱及歌劇，創作量和創作速率雖然驚人，但在速成要求與實用目的的鞭策下，樂曲的藝術價值和精緻性、深刻性，自然也受到極大的斲傷。

即使是冼氏到蘇聯後，所創作的大型器樂曲，如第一、第二交響曲（標題係《民族解放》與《神聖之戰》），也仍是意識型態掛帥下的作品，這兩首曲子我都無緣聽到，但據有關的文字介紹，前者是將「革命現實主義」與「革命浪漫主義」相結合，肯定革命必勝的信念；後者則係有感於德國侵蘇（創作於一九四三年）的憤慨之作，而且是冼氏重病纏身的艱困情況下完成的，由此益可見作曲家的處境不易。

可悲的是，即使是這樣一位忠於紅色政權的作曲家，死後卻仍逃不過革命劊子手的荼毒。文革期間，冼星海的作品，包括《黃河大合唱》遭到了禁制的命運。直到一九七五年，經過毛記欽定，紀念冼星海（與聶耳）的音樂會才獲准舉行，但冼氏遺孀的悼念文字，卻仍然不得發表。這對於一位衷心於「革命大業」的音樂家而言，眞是沈痛的諷刺。

也許，「讓政治歸政治，讓藝術歸藝術」的理想，在當代有些社會裏，終究只是遙遠的夢想。但當此中國音樂家（尤其是演奏家）逐漸在世界樂壇受到重視的時候，我們總該懷抱著「知其不可而爲之」的壯志，多爲藝術的獨立生命和永恆價值，作積極的呼籲和肯定啊！

民國八三年四月

文革之後的詠嘆調

一九八五年二月二十二日下午，來自中國大陸的青年歌唱家詹曼華、張建一和高曼華三人，在紐約市卡內基室內音樂廳（Carnegie Recital Hall）舉辦了一次成功的音樂會，其中詹曼華女士與張建一先生兩人所表現的音樂天賦與歌唱水準，令人激賞。這象徵著文革之後的新一代中國青年，在音樂壇上已經嶄露頭角了。

這場音樂會的曲目雖然是中西並顧，前半場包括了西洋歌劇的詠嘆調十首，後半場則是九首大陸民歌，但實際在時間的安排上則是前者較重。而且從歌唱家們所受的訓練看來，更是以前者爲重心。他們在西洋歌劇上所表現的高度造詣，遠遠超過了在中國民歌上所顯示的突創性。

這次音樂會是詹曼華開場，也以她爲壓軸。詹曼華生於一九六〇年，十九歲時入上海音樂學院聲樂系，四年後畢業。一九八四年七月，她在維也納的一項國際歌劇音樂獎（The

Belvedere Competition for Opera Singers）中獲得首獎，同時也獲得「歌劇世界雜誌」的特別獎。

詹曼華演唱的最大特色，是音質清新甜美，控制自如，歌唱技巧圓熟，在含蓄沈穩中透露深刻的情感訊息。

詹曼華在音域上屬於「次女高音」，但她對「女高音」的掌握毫不勉強，表現得光彩華麗，「女中音」上她所表達的柔潤自然，正像是她的臺風一樣，至於低音部份的沈穩有力，更象徵了她特殊的內斂性格。

在這場音樂會中，她表演了四首歌劇詠嘆調，包括羅西尼《塞蜜拉米德》中的〈我終於來到了巴比倫〉和《阿爾及爾的意大利姑娘》中的〈殘酷的命運〉、托瑪斯《迷娘》中的〈你可知那裏桔子花盛開了〉以及比才《卡門》中的〈來到這美麗的賽爾維亞〉，這四首曲子都是她常在練習的名曲，也都曾選入她出版的獨唱唱片中。

她在現場的表現從容不迫、咬字清晰，從頭到尾都是怡然自得。即使是演唱《卡門》時，她的態度也毫不誇張，與西洋歌者的豐富表情相比，或許顯得戲劇張力不夠，但我覺得詹曼華的特殊成就正在此，她深知自己的音域特色與局限，憑藉著個人細心的琢磨與訓練，她培養了一種冷靜沈穩的處理音樂的態度。在這點上，她頗像來自紐西蘭的名聲樂家卡娜瓦，並不勉強自己去拉高高音部份（雖然卡娜瓦的音色更美，技巧也更圓熟），相反的，一種沈穩自然的大家風範，卻在這位含蓄的東方音樂家身上映現出來了。

西洋歌劇雖是詹曼華主要用心所在，而中國民歌則可能仍是她日常接觸的曲目。她在演唱會中選擇了〈陽婆裡抱柴瞭哥哥〉、〈大河漲水沙浪沙〉和〈苗嶺飛歌〉等三首民歌，其中對第二首的處理表現了她一貫的風格，沈穩自然而大方有致，在第三首苗族民歌的表現上，則顯示了獨特的魅力，將花腔技巧處理得相當平和，毫不勉強，極爲難得。

對於現場聽衆而言，詹曼華寬廣的音量幾乎和她纖細的身材不成比例，在西方觀衆眼中，她的內斂沈穩是在同年輩的西方歌者中罕見的。

但對我個人而言，我覺得她的最大成就還是在歌劇、藝術上表現出的高度，是中國音樂界裡少有的；而且她的音樂修養和情感處理均到達了從容自得、怡然大度的境界。在近年來訪美的大陸聲樂家中，就個人接觸所及，詹曼華與男低音溫可錚的沈穩風範，最爲接近。他們同樣的在嚴謹的表演布局中，表現了音樂色彩的變化和豐富的藝術感染力。只是溫可錚早已步入中年，年已五十六歲（一九二九年生），而詹曼華卻是年僅廿五的新生代呢！

如果說詹曼華是天資秉賦、音樂造詣交相輝映的聲樂家，那麼另一位歌唱家張建一，無疑則是天才洋溢的自然瓌寶。張建一接受歌唱訓練僅有五年的時間，目前還在「上海音樂院」進修，但他所表現的聲樂成績，卻幾乎是難得匹敵的。

張建一的表現，一開始就震撼了全場，他處理普契尼《杜蘭多公主》和《波西米亞人》的詠嘆調，唱作自然，音域高亢寬廣，而且熱情洋溢、表情豐富，似乎告示著全場華人聽衆：一位罕見的中國音樂明星已經誕生了！

張建一的天賦，是中國男高音中極少有的。他表現高音的能力，頗有聲樂家帕弗若第的風範，輕啓著齒唇，悠悠間玄妙的樂音即已揚起，那麼輕鬆自在，似乎得來全不費工夫。觀賞這種表演，是觀衆難得的愉悅經驗。尤其對於體型聲量均有相當局限的東方民族而言，這種罕見的天才更幾乎可以說是不世出的。

張建一在一九八四年維也納國際歌劇大賽（Third International Opera Singers Competition）中一鳴驚人，震驚全場，榮獲第一，證明了他的天賦是罕有的。難怪奧地利的報刊稱讚他是一個難得的男高音，「兼具意大利的激情和中國的詩意」。和詹曼華的沈穩內斂相較，張建一的熱情外向顯露了極大的舞臺魅力，這可從觀衆持續不絕的掌聲中看出來。

但張建一畢竟只是一個才華洋溢而有待繼續磨練的歌者。除了他細心準備的四首西洋歌劇和一首男女重唱（安可曲）外，他在三首中國歌曲的表現上並不理想，而且態度上顯得輕浮，音樂素養也不夠深湛。其中〈想親娘〉這首民歌，本應深情感人，但他唱來卻顯得氣蘊與情感均嫌不足。另一首齊爾品改編的〈馬車夫之戀〉，饒富興味，但失之過短，瞬間即逝，使聽者深覺意猶未盡。最失敗的，則是革命愛國歌曲〈這就是我的祖國〉，詞曲水準均差，卻硬排在藝術曲目上，使聽衆倒盡胃口。

除了詹曼華和張建一外，另一位歌者高曼華在演唱中國歌曲時表現得宜，但由於對高音的掌握不佳，失之過尖，音色亦不夠圓潤成熟，在西洋歌劇的表現上可說是並不成功。不過她在與張建一搭配的重唱曲中卻有較佳的表現。

近年來，華人音樂家在國際樂壇中出衆者頗多，馬友友的大提琴，林昭亮、胡乃元的小提琴等均是顯例。但他們多係在西方接受主要訓練，才能逐漸崛起。但這次來美的詹曼華與張建一，卻是完全由中國人培養訓練出的，而且也已有國際級的水準表現，實在深爲難得。這一方面說明了中國人中的天才輩出；另一方面也深深啓示著，惟有拋開政治的迷障，鼓勵人才培養，使才智之士及早受到琢磨鍛鍊，日後華人社會中才會有宗師級的大家出現。

以張建一爲例，若是處於文革時代，在藝術必須全力爲政治服務的前提下，他至多只能成爲一位歌舞團裏稱職的歌唱演員，或是像當年的胡松華一樣，在樣板歌曲〈東方紅〉的〈讚歌〉中嶄露頭角，成爲通俗的民歌表演者。但他卻可能錯失良機，無法通過進一層藝術的考驗，正式進入正統音樂的殿堂。另以詹曼華爲例，如果在文革式的反西方氣氛下，她也可能無法接受正統藝術的陶冶，在音樂造詣上日益精進，相反的，卻很可能一直停留在民歌、小調的層次上，成爲通俗的歌者。

我在此處提出正統與通俗藝術的分野，並不在頌揚前者而貶抑後者。相反的，我相信兩者各有其不同的價值，應彼此尊重。但是問題在於，傑出的中國的通俗音樂家從來就不缺乏，但能在國際樂壇上以正統音樂而出衆者卻屬罕見。其中尤以聲樂與作曲兩項爲甚。因之，鼓勵傑出的音樂人才及早接受正統音樂教育的磨練，是不可稍忽的。張建一的天才和詹曼華的修養，均可說是這種磨練下的初步成果，雖然已見諸國際的水準，卻還只是中國音樂振興工作上的第一步。若要眞正展現出中國音樂家的特色來，還有許多進一步的工作待努力展開。

首先，是音樂訓練的問題。誠然以西洋歌劇訓練作爲必經階段是當前無可避免的，但是中國正統聲樂人才的培養卻絕不能以此自限。中國音樂界必須仔細做好聲樂的分析工作，對於每一位聲樂人才必須要求因材施教，不可以歌劇訓練、美聲唱法做爲齊一要求的標準。譬如以這場音樂會上第三位歌者高曼華的表現爲例，她在西洋歌劇詮釋上，委實太過勉強，無論音高掌握、音色處理都不相稱，反倒是在中國民謠方面表現特出。因此加強她在民謠方面的訓練反而更爲適宜，而且日後可能會有更佳水準的表現。

另外，許多歌者的才華較適合於抒情藝術歌曲，加強舒伯特、馬勒等方面的歌曲訓練可能較之意大利歌劇更爲適切。事實上，無論港臺、大陸或海外的華人聲樂家，都應了解自己性之所近，不管民謠、藝術歌曲或歌劇均應以平等地位視之，切勿以歌劇爲唯一正途，勉強選擇上了錯誤的方向。

再者，是聲樂創作與作曲的問題。相對於西方而言，中國近代作曲家中傑出者並不多，傑出的聲樂創作亦鮮。但中國民間曲藝中一直保持著豐富的創作題材，如何結合中西音樂的特長，創作出多量而傑出的作品，迨爲當今中國作曲家的重任。

當然，在外在環境上，政治勢力必須儘量減低對藝術創作的干涉，同時作曲家與音樂家必須得到私人、財團或政府的財力支持，使其能專心致志於創作。但在創作方面，作曲家必須對自己做多方面的要求。一方面要培養深厚的文化歷史觀，對中國文化的音樂傳承及其中的民間聲樂素材作深刻的掌握；另一方面也要有寬廣的世界觀，對世界上不同文化系統中的音樂，建立廣泛的了解，以利不同音樂語言間的溝通與掌握。

譬如說，在聲樂素材的採擇上，本世紀匈牙利最偉大的作曲家柯達伊與巴托克兩氏對民謠素材都做過仔細的發掘工作，並賦與了不同的現代面貌，其中許多五聲音階作品，就很値得中國聲樂家嘗試，做廣泛的演練。而中國作曲家若能參酌他們的經驗，利用民間音樂的素材作藝術的提攜與現代的處理，日後也勢將有更多出衆的作品問世。中國作曲界的大師也才會在「巨人的肩膀」上逐日出現。

《時報周刊》民國七四年二月

中國電影何時起飛？

一九八三年七月下旬開始，紐約地區有一連串的第三世界的電影欣賞會。在近五十部電影中，約有三分之二爲巴西片，其餘三分之一則來自非洲的塞內加爾、安哥拉和南非。這使我們一向以「文化大國」自居的中國人，頗感汗顏和沮喪。因爲，如果今天要拿出二十部中國電影來參展，可能任何有良心的導演都會感到時機尚未成熟。畢竟，我們期待中國電影的起飛已經太久、太久了。

我們相信，凡是不以好萊塢的通俗電影爲唯一取向的觀衆，一定會對歐洲、日本及第三世界的電影佳構感覺震驚與激賞。因爲這些電影佳作不僅讓我們體會了電影語言的豐富與偉大，同時也讓我們看到了世界各個文明系統中不同的文化特色。從這些影片中，我們感受到的不僅是藝術的美、人性的深邃和文化的涵容開闊，同時我們也在與電影的直接的溝通中，建立了一份眞正屬於自己的文化觀與世界觀。

但是，在當今的中國電影中，除了絕少數的例外，我們只能看到庸俗的電影語言，配合著生硬膚淺的技術，和公式化、格套化的劇本，製造出一部部平庸而不見特色的電影。不但找不著屬於自己民族文化的風貌，也看不到導演個人的風格和精微的洞見。

固然，電影本來難擺脫市場的影響。所有中國電影工作的從業人員，都多多少少面臨資金、觀衆、製片和電影檢查等多重的囿限。結果，導演可以把他們的失敗歸咎於上述的種種限制。他們可以輕易的辯駁：有什麼樣的觀衆和市場，就有什麼樣的電影。如果要振興中國電影，首要條件是先振興中國的電影文化，唯有提昇了觀衆的電影水準，才能讓導演有好的作品呈現出來。

對於這種說法，我們認爲只是搪塞之詞。它不僅顯示某些電影工作人員缺乏進取心和使命感，同時也顯示了知識的貧乏和思想理路的含混不清。因爲時代風尚和藝術品質之間，絕不是簡單的一對一的關係。否則，一個導演處在一個低俗的文化環境中，將永遠不可能導出一部精緻深刻的電影。而所有精緻的文化創造，也將成爲永不可能的夢境了。

衆所週知，美國電影一向以大製作、高成本、通俗和高娛樂性見長。同時一窩蜂搞流行也是過去常見的現象。但是，雖然過去曾經充斥著許多貧乏庸俗的歌舞片、西部片和戰爭片。許多導演仍然匠心獨運，在通俗的電影文化中，樹立了偉大的電影楷模。早期的《大國民》和近年的《現代啓示錄》，都有相當的代表性。

在歐洲和日本方面，情況更是突出。凡是看過瑞典導演英瑪・柏格曼、義大利導演狄西嘉、巴塔路其、德國導演法斯賓達、法國導演楚浮、日本導演黑澤明、溝口健二等作品的，都會感到他們的作品的精湛與偉大。凡是看過《一九〇〇》、《阿爾及利亞戰爭》、《野草莓》、《單車失竊記》、《西鶴一代女》、《影武者》等名片的觀衆，也會不由得爲導演的才華、演技的精湛和劇本的傑出而喝采。但是在中國當代的導演中，目前卻無一人可與上列的名單並駕齊驅，也無任何一部電影夠得上「精湛」、「偉大」二詞而不覺汗顏！

但是，最讓我們難以舒坦的是，在近二、三十年來逐漸崛起的第三世界電影中，中國電影仍然是瞠乎人後。由於南亞、中東、非洲和拉丁美洲的經濟發展仍然相當落後，電影工業受到財力方面的限制，無法在規模上與歐美競爭，同時由於政治環境的特殊性和觀衆文化水準的限制，許多作品也無法暢所欲言。但是我們仍然看到了像巴西片《他們不結黑領帶》、印度片《阿善三部曲》、北非片《土牆》、土耳其片《囿》等深刻的作品。相較起來，中國電影不但在製作規模、導演才華、演員技術和劇本深度上不及他們，在文化特色和時代風貌的展現上，竟也遠落其後。中國電影何去何從，豈不令人悲嘆乎！

讓我們不要再坐等文化環境和經濟條件的改善了。等待大師的結果終究是付諸空言。所有電影工作的愛好者與從事者，都需要深思：什麼是我們時代的文化風貌，什麼是我們內心關注的現實問題，什麼是傳統與現代、極權與自由交雜下，中國人困惑與徬徨的焦點所在？

期待中國電影的新生，關鍵在：培養一套自省的文化觀與世界觀。唯有當我們正視電影的藝術功能與文化價值，積極的將它放在國際的文化環境與傳統的史緒中觀照時，它的前途才可能是光亮的。

《美洲中國時報》民國七二年七月二五日

後記：十多年後重讀此文，很幸運的，兩岸電影的盛況，已今非昔比。但傑出的作品雖已漸多，「偉大」的作品仍甚罕見。不過情勢已經大為樂觀了。

民國八三年四月誌

從《投奔怒海》看國片前途

最近幾天，許鞍華的《投奔怒海》爲紐約的電影節激起了一陣不算小的漣漪。雖然這部電影自上映以來在香港就引起了很大的震撼，但它在紐約所造成的影響卻象徵了另一層的深刻意義。它所啓示的不僅是一部中國電影的成功，而且極可能代表了一個中國電影起飛時代的到來。

嚴格說來，《投奔怒海》並不是史詩型的巨構，也沒有特別新穎與特出的導演手法。在近兩小時的影片中，它以傳統的敍事觀點，將一個日本記者在越南革命成功後的狂熱與夢幻，作了誠懇卻戲劇性的交代。但是，導演的企圖顯然不僅於此，一方面，她希望將越南革命的幻象與黑暗公諸世人之前。另一方面，她也企盼能從一個中國導演的角度，將東方各民族間的人際關係作深度的闡釋，以呈現在極權壓制下仍閃爍不已的人性眞貌。從這兩方面看來，《投奔怒海》無疑都是成功的。它不僅深刻的觸及到越南現代史中的血淚面貌，而且還透過東亞民族中最現代化的日本人的眼光，來觀照另一個兄弟民族的苦難。

《投奔怒海》並不是一部非常意識型態化的電影，雖然它處理的是一個政治性的主題，但卻無意以意識型態的眼光將其扭曲。它撇開了第三世界與現代化國家對立的激進觀點，也泯除了傳統的恐共情結與反共格套，清晰而冷靜的訴說由革命的狂熱轉化到夢幻破滅後的悲涼。雖然導演以主角及其周圍人物的不幸遭遇（炸死、自盡、火焚……），渲染了戲劇化的主題，但基本上她仍然是根據一個個鮮活而眞實的血淚見證而運鏡的。她在主觀的取材與選擇中，透露了一個爲西方世界所忽視與曲解的客觀眞相。從此點可以看出，《投奔怒海》不僅是中國電影的一次突破，而且還是對當前美國「越戰後遺症」的一項眞切反省。

《投奔怒海》的成功不僅在於主題的突破，而且在藝術成就上亦然。它以簡潔的景觸，清晰的呈現了一個昔日的殖民地社會在革命之後的陰暗與蕭條。在人物的造型上，導演以平實的手法將國片常見的虛矯與浮濫一掃而光。基本上，演員也是稱職的。甚至在一些細微的禮節與儀式上，仍然照顧到了戲劇的眞實性。雖然導演仍然採取了傳統的手法，並且無法突破錄音間錄音的格局。此外，她以某些巧合（如廢彈爆炸、羞辱自盡及意外的火焚）來強化戲劇的效果，未必能使人人贊同。但從平實的批評角度來看，《投奔怒海》仍是成功的，它對中國電影的鼓舞作用更是無可限量的。

《投奔怒海》還算不上一部經典之作，它所引起的迴響可能也是政治性居多，藝術性較少，但它卻爲中國電影的未來帶來了希望的遠景。這不僅是因爲它已引起了西方電影界的重視，也不僅是因爲它剛好趕上了美國反省中國與越南問題的潮流，而且更重要的是，它透露了一個導演的敏銳、巧思和豐富的人道襟懷。它清楚的告訴了所有中國的電影觀衆和從業人員，人世之間的確有這麼多的現實題材值得我們的關注與深思。它還正告中國的電影界：趕緊直追，突破陳襲的格局，讓我們在世界影壇的潮流與處境中反省自己！

如果，我們的電影觀衆仍然甘願在套裝的武俠片、枕頭片、純純愛情片和軍事「教育」片中欺騙自己；如果，我們的演員永遠停留在歌廳、舞廳、妝扮與作秀之間，不知進修、琢磨和自我提煉；如果，我們的導演，長久在陳俗的文化觀、藝術觀與世界觀上駐足不前，而不能、不願也不敢正視世界影壇的動向；那麼，我們的電影文化勢將難覓生機。但，事實已經證明，這樣的時代必定要過去了。雖然，意識型態的包袱、現實利害的約束和人才教育的限制都會使得變革的速度無法加快，但時代的潮流卻終究是無法阻擋的。《投奔怒海》在這個潮流中樹立了一塊里程碑，它不僅是香港新銳導演創作中一個成功的代表，也將成爲日後臺灣、大陸與海外華人社會競相角逐的標的之一。

我們的深切期望是，在新的競逐潮流中，看到一個健康的電影文化的成長和一個中國電影新紀元的來臨。因爲，到那時，我們才敢說：這不愧是一個泱泱的文化大國！

《美洲中國時報》民國七二年十月一日

《投奔怒海》在紐約

《投奔怒海》的導演許鞍華，九月廿八日晚在紐約林肯中心的電影放映會上，獲得了成千觀衆的熱烈喝采，但同時也引起了許多左翼份子的憤怒，質問與喝采之聲，在放映後的討論會中此起彼落，爲紐約電影節掀起了一次熱烈的高潮。

《投奔怒海》在這次紐約電影節中，共放映兩場，入場券在開場前早已銷售一空。由於故事主題牽涉對越南及共產政權的評價問題，對於意識型態取向不同的觀衆而言，實深具挑戰性。許鞍華雖然強調，她不希望這部電影被過分的作爲政治渲染的工具，但卻仍然無法避免使其成爲政治辯論的議題與焦點。

廿八日晚，在影片放映前，電影部主持人先向觀衆介紹了許鞍華，立刻博得了熱烈的掌聲。一百〇六分鐘後，當逃難的船民逃脫了越共魔掌，影片在落日輝映中結束時，許多觀衆情不自禁的站起來鼓掌了。這時，投射燈打在右側包廂的許鞍華身上，俄然之間，如雷的掌聲在觀衆間揚起，似乎象徵著紐約電影界對這部電影的重視。

但是，掌聲之外的異議卻爲放映後的討論會揚起了更熱烈的波瀾。在主持人詢問觀衆意見時，大部份的觀衆報以喝采，但一位坐在後排的女士卻以尖聲表示抗議。她指責《投奔怒海》只是對越南的扭曲與控訴，她說越戰期間去過越南的人不會同意這部電影的歪曲。但她的指責卻引起了更多觀衆的噓聲，而以掌聲表示對許鞍華的支持。

但類似的異議卻不斷出現，一位留大鬍子的左派認爲這部電影是對共黨的誤解，一位中年大胖子則指責許鞍華沒去過越南，卻憑空批評越南的共產政權，還有人指責這是一部反越南人的電影。但許鞍華卻一一駁斥了這些意識型態的誤解。

首先，她指出她並不是站在政治利害的立場上拍《投奔怒海》的。相反的，她是根據長期以來對越南逃難者的訪問資料來拍這部片子。她決不反越南人，因爲事實上從電影中可輕易看出，她是非常同情越南民衆的，雖然她對越共政權並不表好感，至於她無法親自到越南是由於當地政府根本不會讓她去。但她相信這些逃難者的見證是可信而眞實的。因爲，世界上沒有那一個地區的人民是願意冒著生命危險逃離祖國的，除非是他們的祖國實在已經待不下去了。

但是對於意識型態紛紜的美國人而言，爭執的焦點卻始終無法轉移。許多情緒激動的左翼份子站起來發表他們的主張，立刻被噓聲掩蓋。主持人也不斷打斷他們的陳述，要求他們以問題的形式提出意見來。最有趣的，是一位中年女士認爲《投奔怒海》之所以出現如此感動的氣氛，主要是因許鞍華爲一介女性，看問題較爲情感涉入所致，一位年輕女性立即站起，反駁這種說法，她認爲許鞍華的處理是公正的，手法是高明的，而這部電影也是成功的。熱烈的掌聲立即表明了大多數觀衆對這部電影的認同。

雖然掌聲、噓聲與異議之聲此起彼落，但《投奔怒海》在紐約掀起的熱潮卻是無庸置疑的。這部電影在美國學界與新聞界反省中國問題與越南問題的新潮流中進軍美國，不但讓美國人對此一問題增加了思考的憑藉，而且也讓他們了解到一個東方導演對此一問題的看法。許鞍華的成功，不僅是因她在藝術上的成就，而且也是因爲她忠實的反映了一個不爲西方人所熟知的眞相。

但是，對於許鞍華個人來講，這部電影所掀起的政治性爭論卻並非她所期待的。她在討論會的結尾時說，她的下一部片子將不會再是政治性的。因爲她需要更多的時間來思考這些問題。她還說，《投奔怒海》講的是一個日本記者在越南所看見的暴行與黑暗，而她的下一部片子則將是一羣中國遊客在日本的所見所聞。也許，跳躍出政治的主題，在另一個文化層次上探討與反省，將使我們看到這位敏銳導演的另一次豐收。但，無論如何，許鞍華的《投奔怒海》已經爲華人電影在美國的地位作了一次高度的提昇，她的成功已經由這次討論會的高潮充分證明了。

《自由青年》六五二期，民國七二年十二月

附錄

從東方的角度出發

——《投奔怒海》與中國電影

一九八三年十月間，《投奔怒海》在紐約電影節中上映，引起了相當大的回應。十一月間，這部影片在紐約正式上映，這是繼《失蹤》(Chan is Missing) 在美國引起重視以來，另一部吸引歐美影壇注意力的中國影片。著名的《紐約時報》等報刊，均曾多次刊文評介。由於《投奔怒海》所觸及的越南主題，在美國社會中本來就頗富爭議性。近一兩年又因對越南問題反省的潮流再起，因而觀衆對這部電影的評價也呈現著紛紜的現象。

有的左翼激進份子斥責這部電影是反共的意識型態工具；有的反中共人士則指責這部電影是中共大力支持下，對越南「解放」後當權者的污衊。在香港，由於這部電影在對共產政權暴虐面目的描繪頗為逼真，加深了香港民衆對一九九七問題的敏感與恐慌。在法國，由於影片中對越共政權毫不留情的披露，引起了這個昔日越南殖民母國朝野的爭議。但在中國大陸，這部片子卻遭到了禁映的厄運。對於一部中國電影而言，在世界各地能引起這樣迥然而異的反響，實在是極少見的。為了使海外自由地區的中國人對這部電影有進一步的了解，紐約地區的一羣電影工作者與愛好者乃聚集一堂，希望從多元的角度出發，對這部電影以及中國電影當前的相關問題作一分析與討論，以下是座談會的記錄。

●

時　　間：十月十五日下午

主 持 人：周陽山

與會人士：（均為筆名）

李翰平（導演・電影工作者）

張遠（近代史工作者・業餘影評者）

鄭笠（影評人・電影技師）

馮大力（專業攝影者・影評人）

廣揚（專欄作家）

記　　錄：應天長

●

周陽山：對《投奔怒海》這樣一部政治性主題的電影，評論者的意見往往是出入頗大的，尤其是越南問題重新引起美國人的反省後，越戰的功過、越共政權的眞貌問題，特別具有爭議性。《投奔怒海》雖然已完成兩三年，但在美國放映的時間卻正巧趕上這股討論的熱潮，因此它的政治主題就特別引人注目了。但今天我們希望在討論的方向上，不要過分偏重它的政治性，相反的，我們希望能儘量撇開意識型態的框框，而從劇本的安排與導演的處理手法等方面，對影片的藝術性等問題，也作一番探討。依我自己的觀點，《投奔怒海》是中國近年來有關政治性主題的電影中，少見的佳作。雖然這是一部商業電影，爲了劇情的精彩、緊湊，製造了許多巧合的高潮，使得越南政權的暴戾性顯得特別突出。但基本上，導演與編劇是相當稱職的，他們並無特別的意識型態偏見；相反的，他們採取了比較冷靜的敍事手法，透過一個代表亞洲先進民族的日本記者的觀點，來觀察另一個黃種民族的革命眞貌。雖然由於電影在時間長度上的限制，無法對越南革命的歷史背景作較多的敍述，但影片本身仍然透過代表不同殖民背景的人物與情節，繼越南在中國、美國、法國等不同勢力影響下的遺迹，作了間接的交代。因此雖然這部電影並非史詩型的巨構，在對日本民族性、共產黨員的革命性等方面的交代，也非無懈可擊，但它卻能從較大的時空觀點上，對東亞各民族（越南、日本、中國）間的關係，做比較仔細的安排。這點可說是與過去所有美國的越戰電影最大的不同。我們可以說，

《投奔怒海》是目前爲止，第一次由東方民族本身的眼光，撇開了西方的文化觀點與革命的激情，對越南這個主題所作的新嘗試。雖然導演採取的是傳統的拍攝手法，全片並無特別新穎之處，但它仍然對觀衆（無論中西），造成了相當的衝擊，讓大家對越南問題有較多的反省與思考，這可以說是它的成功之處。

馮大力：我想從一個技術性的問題來談《投奔怒海》。這也是中國電影的一個通病，就是關於影片的配音問題。《投奔怒海》是一部寫實電影，但它仍然無法突破一般國片的限制而改用同步錄音。對於一部寫實電影而言，配音的欠缺眞實感，無疑是一大致命傷。我可以舉影片中的一段爲例。在主角日本記者芥川目睹越共拉夫的一景中，由於喊叫聲音很大，使得他走在樓梯間時就聽到了，本來這一段戲可以構成很強烈的戲劇張力，但由於錄音間配出的聲音缺乏眞實感，因此在效果上就打了很大的折扣。對於一部寫實電影來講，這是一層相當大的限制，而這個技術問題是必須突破的。

另外在劇本的安排上，我覺得編劇對於新經濟區的情節處理得不夠好。這些戲在全劇中佔了相當的比重，但女主角琴娘對新經濟區的認識卻不是來自她自己的感受，而完全是根據這位日本記者朋友的觀感，甚至連她乘船逃出，也完全是出於芥川的安排，這在說服力上是較弱的。當然劇本中也有一些神來之筆；例如在日本記者賣 Nikon 相機的一段上，就頗能顯示編劇的功力。透過日本產品所代表的先進文明，使得日、越兩國間的差異和資本與共產社會間的差距，清晰而強烈的對立出來。但是在另一些場景上，如共產黨員阮主任對革命理想的幻滅，對法國文明的依戀等情節，就有做作之嫌。

李翰平：我對這部電影的看法與一般人不太一樣。包括在紐約電影節放映會中的討論，以及在報刊上對它的批評，都是集中在政治性問題上，但事實上我覺得這部電影並無政治性的意圖，它的政治意識是很薄弱的。導演許鞍華自己就說，她並不懂政治，她無意將這部電影導入意識型態的主題。她只是爲這些越南難民的故事所感動，要將他們的苦痛講出來而已。因此關於政治性的爭論，我覺得導演本身是不必負責的。

談到電影本身，由於導演對這些越南難民的同情，因而主觀的意識掩蓋了冷靜的理智，使得這部電影在藝術的成就上顯得比較薄弱。當然，對於這樣的一部電影，藝術性的要求可能本來就是奢侈的。導演的基本態度是涉入的而非靜觀的，在藝術成就上自然要打折扣了。

周陽山：這邊我有一個疑問。我覺得一部政治主題的電影，或者一部蘊涵導演的強烈主觀意識的電影，並不必然會缺乏藝術性。譬如巴塔路其的《一九〇〇》和彭泰科沃的《阿爾及利亞戰爭》，都是政治主題非常強烈，導演個人意見相當濃厚的作品，但藝術性的成就仍然是非常高的。

鄭笠：談到比較的問題。我覺得對香港電影的特色必須有基本的了解。許鞍華是一位香港背景出身的導演。香港電影的一個主要特色，就是情節的緊湊、刺激、高潮迭起，充滿戲劇的張力，使觀衆感覺過癮，値回票價。在這方面，《投奔怒海》無疑是合乎條件的，許鞍華展示了在這樣的電影傳統中，一個導演的才華。我想這也是這部電影的主要成功之處。

但是另一方面，與《一九〇〇》這些政治性電影比較起來，《投奔怒海》卻顯然不同。巴塔路其是一個有強烈意識型態主見的導演，同時也是一個藝術理念很強的導演，因此他的電影在這兩方面都顯得相當突出。而許鞍華卻是不懂政治的，雖然她處理的是一個寫實的、政治性的主題，但她並沒有強烈的個人意識做基礎。這是與巴塔路其等人很大的不同。

不過由這部電影我們可以清楚的了解到電影的政治功能。《投奔怒海》引起的政治性回響是非常明顯的。對於一個政治意識不強的導演來講，處理這樣一個主題的電影，終究還是要爲它所造成的回響做一些交代的，雖然他不必爲所有的曲解負責，但電影的政治功能卻是導演必須意識到的。

張遠：我覺得許鞍華對越南問題的處理，對日本、越南、中國、法國和美國等文化與政治關係的處理，都是很重要的。基本上，這是東方電影中，很少見的一次嘗試。無論在處理上成功與否，但這種對多元文化的探討，是頗富深意的。

電影片中阮主任所代表的角色，我們可以看出東方與西方（法國）兩種文化的差異，革命的熱情與浪漫的熱情是迥然相異的，在這兩者的衝突下，最後阮主任卻難免於被下放的命運。雖然阮主任的角色有些時候處理得並不理想，顯得公式化，但它卻將越南的殖民色彩與歷史背景顯現了出來。同樣的，影片中中國女人「夫人」一角，更清晰的顯現各個階段（中—法—美）的越南殖民經驗，對於西方文明的影響，導演的態度無疑是比較批判性的，影片中美國所代表的資本文明，對越南孩童的影響，可說是非常負面性的（包括孩童的世故、虛浮和貪婪……），甚至最後琴娘的弟弟死在美軍遺留的廢彈之上，也意味著某種程度的反諷。另外關於日本記者一角，由對革命的狂熱到對革命的幻滅，也顯示了雖是形貌相似，但東方各民族之間的文化傳統與生活處境上仍存在著強烈的差異。當然，導演或許並無意味這些不同民族間的關係做明確的交代，但她卻已經嘗試做了一些反省。這在中國電影中比較少見的一次處理經驗，同時，也讓西方觀衆了解到，從東方人的眼中看自己的問題，竟然是迥然不同的。這項特色自然使《投奔怒海》

成爲一個議論的焦點了。

周陽山：回到技術性的層面，我們感覺中國電影的配音一直是一個大問題。幾乎目前所有的國片都是採取錄音間的配音，千篇一律的幾種標準口音，配上演員喃喃而動的嘴部表情，自然使得電影的眞實感受到嚴重的影響。但這個問題卻始終無法突破。最近美國電視上推出一部猩猩當主角的影集「史密斯先生」，雖然主角是動物，但由於配音相當成功，在效果上似乎比許多國片的配音還要逼眞和自然，因此這雖然只是一個技術性問題，卻變成一個有待突破的關鍵了。

李翰平：其實同步錄音的器材早已經有了，技術問題也不大。但關鍵是我們的演員訓練制度上，中國的電影明星中，除了少數人外，很少有嚴謹的舞臺與表演訓練，因此聲音不是不能配合劇情需要就是腔調不夠標準，結果是，演員的條件不夠，只有把現場錄音器材擺在一邊，繼續採用老式的錄音間配音了。

馮大力：在《投奔怒海》中錄音的問題更大。由於影片中的角色是越南、日本、美國、中國等兼具的。演員根本無法掌握這麼多的不同語言，再加上是香港演員要發北平腔的國語，更是難上加難。配音師自然也就派上用場了。

張遠：最近史翠普在得奧斯卡獎的影片《蘇菲亞》中的表現，就令人感佩。她肯用心的去學一套波蘭腔的英文，而且還保持著演技的自然、生動，對於中國的演員來講，就是值得效法與努力的。

周陽山：在今年的坎城影展和紐約電影節中，《投奔怒海》引起了很多的批評，關於這點，各位的意見怎麼樣？

廣揚：有很多人把《投奔怒海》和《歸鄉》、《越戰獵鹿人》、《現代啓示錄》等影片相提並論，認爲這部電影是對這一系列越南主題電影的反省，提出一個東方人的不同的反省觀點，我想這種說法可以成立的。但是我仍然認爲我們不必把討論的焦點過分政治化，因爲任何政治化的標籤都容易失之偏頗，而許鞍華卻是沒有政治目的的，因此不論評論者是批判或頌揚，我們都不應把它看得太簡單。重要的是，我們應該了解導演是否忠於他自己的觀點，以及他是否能忠實的反映出一種眞實性來。在這樣的基礎上，我對《投奔怒海》無寧是比較持同情態度的。

當然，許多人也指出了影片中的一些瑕疵，諸如柴油是否會火焚、爆炸，廢彈是美製還是俄製等問題，但這些地方構成不了大的妨礙，我覺得是不必太過強調的。重要的是，許鞍華的處理態度在國片中是比較仔細、認眞的。這也顯示了近來香港「新銳導演」的衝勁和成就。最近幾年許鞍華執導的《來客》、《胡越的故事》等片，也都展示了相當的成就，足見這股新起的潮流是不容忽視的。

鄭笠：談到細節問題，我覺得這是很重要的。《投奔怒海》中對日本記者角色的處理就很明顯有疏忽之處。既然他是爲攝影而來，而且要出版一本越南的攝影集，但攝影的成品如何我們卻完全不知道。另外，影片也顯然停留在說故事的階段，對於以角色爲中心的處理顯然不夠充分，對於主角個人的角色交代不清，這顯然是受限於商業電影的環境和要求，而無法做一突破。

李翰平：我們看一些歐美的經典片就可以清楚的了解到角色處理的重要性。爲什麼主角要這樣做，他的生活史背景如何，他的心理意識是怎樣的狀態，都一步步的推理出來。但在《投奔怒海》中，我們對男主角在越南革命前的心態，在做一個攝影家的實際工作和成品上，卻沒有做角色性的處理，相反的，全片仍然維持著說故事的方式，只照顧到故事的緊湊性，卻忽視了一些必須說服人的情節，結果只是輕易的用一些巧合（廢彈爆炸、油箱火焚等）把情節交代掉，這在影片的藝術性上自然就有限制了。

廣揚：和《現代啓示錄》比較起來，我們尤其可以看出《投奔怒海》的限制。雖然影評人對《現代啓示錄》的評價差異非常大，但我們卻對幾個主要角色的心理與人格背景，爲什麼會因爲戰爭而喪失理性有很清楚的了解。但在講故事的前提下，《投奔怒海》在這方面卻疏忽了。

周陽山：事實上這是整個中國電影界的通病。一般觀衆期待的只是娛樂、刺激和感動的眼淚，但對於人物個性的刻劃、生活背景的探討或成長的歷程，都略而不去探求。但是在處理現實題材的中國電影中，《投奔怒海》無疑還是照顧面較廣而又能撇開教條色彩的，從這點看來，當然它還是一種突破，雖然是有限的。

鄭笠：我覺得對《投奔怒海》做過高的要求是有欠公允的。我已經說過，這部電影是屬於電影傳統的產物，強調的是商業性、刺激性和故事性，在這些要求下，許鞍華無疑是稱職的，從這個角度看來，《投奔怒海》也還是相當成功的。當然，對於西方觀衆來講，它的說服力也許還是不夠的。

張遠：由近年來港臺兩地電影的新發展潮流看來，對現實題材的發掘、整理，是一股可喜的現象。由於各種禁忌已經逐漸減低，未來的發展前途還是樂觀的。當然，我們可以很清楚的看到目前仍然存在的限制，大家都提到了對性格、人物的探討還是很缺乏，另外商業性的要求也構成一些困難，但除此之外，導演敏銳的社會與歷史意識，以及稱職的編劇人才，卻顯然還不夠。這些都是基本的問題，如何能突破呢？

李翰平：從《投奔怒海》中，我們可以了解導演的處理手法還是很浮面的，但是對於各種事件發展的背景因素卻缺乏探討，在評論者的意見中，許多人就對「爲何發生」、「爲何要這樣做」這些因素表示懷疑。

廣揚：有一篇影評的標題就是「沒有歷史背景的政治」(Politics Without History)，這反映了西方對這部電影的反映是不夠深入。

李翰平：這並不是刁難，而是反映了歐美影壇對於影片可信度的要求，這也顯示中國導演歷史意識、社會意識的缺乏。

馮大力：這個問題不是當前的導演在短期所能解決的，而且甚至不是影界的單獨問題，事實上這還是一個文化的現象。雖然三十年來的臺灣，已經有不少深刻的文學作品出現，但其中能搬上銀幕，由稱職的導演、編劇著手而拍成功的電影還非常有限。許多當道的導演根本沒有文化意識，再加上演員不求知，專業編劇也不易生存，所以許多拍出來的作品只是枉費了原著的精神。香港方面，情況稍好，但由於商業要求往往也忽視了劇情的合理性，深度就不易談及了。至於大陸的情況更壞，政治的帽子一蓋下，全部免談。《天雲山傳奇》等片，稍有起色，但卻幾乎惹來了另一次文藝整肅。在這樣的情況下，中國電影有待走的路實在還很長，而且不是影界本身所能獨力走完的，知識份子和整個文化圈都必須助一臂之力，評論者和實際工作者的通力合作是更必要的。

周陽山：所以海外學電影的人應該早點回去，早些努力，加入陣營。

李翰平：多說也是無用的，港臺的影業都有一些起色了，只看我們怎樣做了。我們希望在海外的電影工作者能多吸收別人的經驗，同時多反省中國自己的問題，以後才能派上用場，爲中國電影開創新生的契機。

《美洲中國時報》民國七二年十一月十九日

後記：可喜的是，參與此次座談會的幾位電影工作者，近年來已展現了驚人的創作才華，並受到國際影壇的高度肯定。這是十年前的期許，但終能成為事實。

民國八三年四月誌

從《半邊人》看中國電影的前景

三月三十日起，紐約林肯中心主辦的「新導演・新電影」影展在曼哈頓中城揭開了序幕。在參展的十八場新電影中，香港導演方育平的《半邊人》（英譯《阿瑩》）是首映的重頭戲。和兩年前參展的中國影片《失蹤》及去年參加「紐約影展」的《投奔怒海》比較起來，《半邊人》的藝術成就和精緻化的程度無疑是令人激賞的，它顯示了中國電影界新生代的敏銳和精心，也象徵一個中國電影新紀元的眞正到來。

《半邊人》無論是在故事題材、導演技術乃至演員安排等方面都顯示了重要的意義。它從寫實的角度出發，描繪了一個年輕的魚販女子（女主角），在愛情、親情與藝術理想中的體驗、歡愉及徬徨。同時，它也藉著女主角參加演員班受訓練的過程，將一個來自臺灣、在美國學影劇、在香港求發展的跛足的影劇工作者（卽男主角），所面臨的商業壓力、語言隔閡及情感迷惘，作了相當深刻的描述。導演藉由男主角將自己對藝術的執着、對香港社會的觀察、對臺灣文化界的感觸(以陳映眞的小說爲代表),作了嘗試性的溝通及對話。他大膽的以國語、廣東話和簡單的英文作交叉的運用,另外他也毫不避諱的探討了港、臺的眞實文化面貌。於是,我們看到作家陳映眞的小說《將軍族》登上了影片中的表演舞臺,看到了徐克等香港導演掛名領頭的演員訓練班,同時也聽到對話中討論著許鞍華的影作。但是和一般以反映眞實爲唯一目的的「寫實文藝」不同的,《半邊人》,其處理的態度與手法是客觀而平穩的,導演絲毫無意以尖刻、標新立異的態度別樹一幟。相反的,他也揭示了影劇工作者豐富的心路歷程。從這項觀點看來,這部電影不僅是香港中下階層與影劇工作者的反映,同時它也超越香港的地域限制,展現了更深一層共通的人性眞貌。

《半邊人》與歐美導演反映自我的一些重要作品,如柏格曼的《芬尼與亞歷山大》、楚浮的《日以作夜》、費里尼的《八又二分之一》等,在題材與處理態度上,實有許多相類之處。雖然《半邊人》的藝術成就或與這些經典作仍存在著一些距離,但無疑的,它已稱得上是成功的嘗試了。

在演員與劇本的安排上,《半邊人》的突破是令人敬佩的。除了男主角外,演員均爲業餘者。因此,在劇本的安排上,生活化、寫實化成爲重要的成功條件,而電影的成果也的確證明了導演與編劇在這方面的功力。當然,正由於業餘演員角色的拘限,我們看出在戲中戲（《將軍族》）的排演上，業餘演員的演技與舞臺經驗畢竟是不足的，不過導演肯將此點如實的反映出，也顯示了他的率眞。對於長期停留於「明星」觀念的中國電影界而言，《半邊人》和《投奔怒海》、《失蹤》等片一樣，展示了業餘演員的深厚潛力。同時，他們也清楚的告訴電影觀衆：電影藝術是一門高尙的行業，是值得電影工作者與愛好者以嚴肅、熱忱的心情去面對的。對於習於春花秋月的港臺花花影圈而言，《半邊人》無疑已作了一層深刻的「電影詮釋」。

與近年來頗受注目的一些寫實電影比較起來，《半邊人》的藝術成就也是令人矚目的。它不像《投奔怒海》（香港）、《假如我是眞的》（臺灣）和《天雲山傳奇》（中國大陸）一樣，有豐富的政治性、爭議性的主題；也不像《失蹤》（美國）和《小畢的故事》（臺灣）一般，有相當的地域性的背景和限制。同時，它也不同於近年來興起的「鄉土電影」和「名著電影」，如已完成和待拍的《看海的日子》、《嫁粧一牛車》和《玉卿嫂》等作品，在題材上受到原著時空環境的拘限。與上述諸作品的最大不同是，《半邊人》完全以它的鮮活、生動的主題、精心設計的劇本及平凡寫眞的演技，將導演年輕、敏銳的世界觀、電影觀，作了深入的刻劃。導演用同步的錄音、紀錄片式的拍攝手法和眞實的景觸及人際關係，將中國電影的里程拉長了一大步。

雖然這部電影的題材是平易近人的，而爲了商業目的，也增加了許多情節的趣味性，但它所啓示的實驗精神卻仍令人鼓舞。如果說，《失蹤》是以新穎、樸素、低成本而吸引美國影壇的注目；《投奔怒海》是以它的人道襟懷和爭議性的主題，激起了香港及歐美影藝界的波瀾；那麼《半邊人》則是以它的藝術創造性、寫實性和實驗性而大放異彩。雖然無論從那個角度看來，《半邊人》都只是精緻的小品，離大家的巨構相差仍遠。但它卻是現階段中國影壇所罕見的佳作，在當前中國電影界新生的階段裏，我們與其奢望大師的誕生，還不如以平實的眼光，期待類似的精緻小品能逐個出現，當穩健的基礎形成後，新一代的電影工作者才可能在日益精緻、日增圓熟的前提下，逐漸開拓出大師深刻圓融的規模、氣魄和格局來。也許，幾十年後，中國終會像瑞典一般，孕育出像柏格曼這般使祖國榮耀的電影巨匠，將中國文化的深刻精湛、源遠流長，帶到世人的眼前。而這樣的一天，雖然離目前仍甚遙遠，但由方育平的《半邊人》的成績，堅實的一步顯然已經跨出。在慶幸這部電影的成功之餘，也衷心企盼中國影藝工作者與愛好者，踵事增華，日新又新！

《美洲中國時報》民國七三年四月一日

中國寫實電影的新方向

最近幾週裏，紐約地區有一系列的第三世界電影上映，寫實主義是其中主要特色之一。與此同時，在國府新聞局主辦的金馬獎中倍受注目的影片《小畢的故事》、《男與女》、《待罪的女孩》、《看海的日子》等，也先後在美國各地的華埠中演出。如果加上在美國拍攝的華人電影《失蹤》和港資拍攝的《投奔怒海》等受美國影壇重視的電影，我們不難發現一股寫實電影的潮流已經在中國影壇裏興起。雖然與某些第三世界的經典作品比較起來，中國電影有待努力之處仍多，但無疑的，這股影界新興的潮流卻是令人鼓舞的。它說明的不僅是新一代中國電影工作者的崛起，以新的電影語言與主題做新的嘗試，而且也反映了一個新的電影文化已逐漸孕生。它的成績雖然仍相當有限，但卻令人感覺有厚望存焉。

大略分析，這股寫實電影的潮流至少有下列幾項特色。首先，電影的主題已不爲過去商業電影一窩蜂的傾向所拘限，文藝片、刀劍片、功夫片、床頭枕頭片和軍教片等均無法涵蓋它的內容；相反的，對現實問題的反映與發掘卻成了主要標的所在。電影的功能在這樣的處境下不僅僅是幾小時的娛樂而已，它還進一步的賦予了文學性與社會性的功能，使我們對現實能做深一層的反省。舉例言之：《失蹤》對在美華人生活與角色的探討、《投奔怒海》對越南政權與逃難船民生活史的發掘、《待罪的女孩》對臺灣青少年問題的尋思以及《看海的日子》對妓女卑微生活的探索等，都不是過去以娛樂性爲主的電影功能所得以概括的。

其次，電影導演的角色已經大幅擴充。導演不僅僅負責導戲而已；同時，他對於劇本的安排、攝影的運鏡、服裝佈景的設計乃至影片的剪輯與配音的處理等，均需有相當的知識，並參酌相當的意見。否則，電影的藝術性、寫實性與導演預期的理想將出現鉅大的鴻溝，而對電影的效果也將大打折扣。在這方面，目前中國電影所待改善之處甚多，諸如《看海的日子》中的發聲與配音的問題，即阻滯了原著精神的傳達，使得寫實性受到嚴重的影響。但無疑的，目前導演的水準已大幅進步，假以時日，經過進一步的磨練與研修，他們的成就或將非同小可，更非昔日所可比擬。

第三，演員的演技也日漸精湛。由於寫實電影的要求，演員必須摒棄過去文藝片中公式化的角色處理，而重新嘗試做生活化的摹擬。在這方面，由於正規的演員訓練系統尚未建立，演員多因其相貌出衆而進入影壇，但其中多半僅接受短期訓練甚至完全無表演經驗卽逕行上場者，導致演員專業知識與技能不足的困境。但此一困擾，目前已漸有改善。許多導演啓用業餘演員或新進演員，往往反而能排除「明星」制度的缺憾，收到降低製片成本、提高演技水準的效果。《失蹤》、《投奔怒海》等片，都足以證明此一趨勢。但若從長遠的角度考慮，演員專業化仍應是一重要趨向。因而，成立專業化的表演訓練學校，應爲當務之急。尤其是演員發聲訓練，素爲中國影片中最弱的一環，若該演員發音問題不得解決，而始終依靠配音代勞，則中國電影的寫實性，將永遠大打折扣。凡是看過去年奧斯卡女主角金像獎《蘇菲亞的抉擇》的觀衆，都無法不爲史翠普的一口波蘭腔英文叫好，但同樣的，今年金馬獎最佳女主角《看海的日子》中陸小芬的腔調，卻令人大感失望。總之，演員訓練是一個複雜而艱深的過程，資質與才氣都非常重要，而嚴格的訓練卻是爐火純青演技的不二法門。在習於演員玩票與演唱雙棲的港臺影圈中，演員的專業化訓練實爲一重大的考驗，否則，中國電影的新生，仍將面臨重大的挫折。近年來，臺灣已有藝術學院的創設，若能在演員訓練上亦做一仔細的安排，設計一套完整的演藝教育制度，則對日後中國電影的發展，必然是功德無量。

綜上所述，中國電影的新潮流是可喜的，但發展的瓶頸在現階段看來，卻是不易突破的。如果中國電影的觀衆和從業人員能在這些癥結上多所致力，急謀改進，也許有一天，我們會像瑞典一樣，以擁有英瑪・柏格曼這樣的導演而慶幸，也會像耶魯大學一樣，以擁有瑪瑞・史翠普這樣的校友而感覺光榮。這樣的一天，現在看來，也許還甚爲遙遠，但卻是一個我們不應放棄的夢。

《美洲中國時報》民國七三年二月十三日

胡金銓和他所處的時代

——賀胡金銓電影展首映

本月十四日起，胡金銓影展在紐約市格林威治村頗負盛名的布里克戲院舉行七天，放映十一部影片。這是中國導演中罕見的殊榮，也是中國電影起飛聲中值得海內外中國人矚目的大事。我們願借這個機會，向胡金銓先生表達敬賀之忱，也願就胡金銓的成就與限制以及他所處的文化與時代環境，做一分析與反省。

胡金銓雖然不是電影大師，但無疑是一位誠懇、細心而深具個人風格的傑出導演。他的作品，多是以元明時代爲背景的江湖故事，其中包羅了俠義精神、特務鬥爭和宗教世界的浮光掠影。他以細膩的考據工夫，將傳統中國人的生活實景與一衣一物，忠實的反映出來。但是在忠實的反映之外，胡金銓特有的美學觀點，更借助於細密的移鏡、精確的剪輯、對比鮮明的服裝色彩和古意盎然的客棧、古廟等，將中國古代江湖生涯的特色做了精緻的發揮。在他的電影中，我們看到絕不落俗的武俠風格，看到似眞似幻的宗教境地，也看到元明專制時代特務環伺下的社會眞貌。雖然這些電影的主題仍不出黑白兩道或善惡對立的鬥爭，但透過胡金銓敏銳的節奏感和細緻傳神的詩意風格，使觀衆不僅享受到商業電影的緊湊與新鮮，同時也深深感悟到藝術電影的雋永深厚。從西方電影藝術的觀點看來，胡金銓運用著純熟的現代電影技巧，傳達著古典中國的俠義風格與宗教精神，因而使西方觀衆深覺目不暇給、奇幻莫測。美、法及西方各國影界對胡金銓的重視，正因爲他結合了傳統精神與現代技術，展現了中國藝術的深湛風格。從這點看來，胡金銓的成就是跨越時代與國界的，他在中國導演中的特殊性地位，於焉奠定。

但是，胡金銓的限制也是明顯的。一般影評人指他「重風格而輕內容，重節奏而輕結構」，另外也有人指出他的作品雖然工於考據，卻往往將主題人物拘限在空山或古廟之中，與社會大衆隔離，使得故事的社會性與時代性受到了限制。雖然這些評論不無道理，但這些缺憾卻不僅只是胡金銓個人能力的不足，同時也正是整個中國電影文化的限制。

事實上，在社會史、民俗史研究尙不夠充分的臺灣與香港，一個以傳統中國爲拍攝主題的電影工作者，無可避免的要越俎代庖兼負起考據者的角色。對傳統中國有著隔閡的文藝界中，要培養一位能靈活運用有現實感的語言，來表達傳統生活面貌的劇作家，確非易事。而在資金、設備與人力皆感不足的中國電影界中，要拍攝一部大場面、重考據而角色複雜的大製作歷史電影，更是難上加難。正由於上述的各種困難，胡金銓必須同時扮演著導演、編劇、美工和考據工作者的多重角色。如果他的電影有所缺憾，那只表示他無法兼顧這麼多的任務。至於他的成功，也正由於他肯花上一兩年或更長的時間去細心的製作一部電影，而且在兼負各種職能的過程中，爲中國電影界提供了一個「作者論」的重要典範。在胡金銓的電影中，他不僅是一個分工下的導演，而且也是整個作品的眞正作者。換言之，他已突破了好萊塢式商業電影的限制，成爲一個眞正的藝術創作者。

從國際比較的眼光看來，胡金銓的成就雖然還到達不了大師的境界，但特殊的個人風格卻已得到了基本的肯定。最近幾年港臺的新銳導演輩出，雖不乏極富潛力的接棒者，但無論就創作量和作品的藝術風格看來，累積的成就尚嫌薄弱。雖然新一代導演不必以胡金銓爲直接師承的對象，而且他們未來的成就很可能也會超越前人，但胡金銓兢兢業業、孜孜不倦的選擇傳統題材作藝術處理的精神與經驗，卻有深刻的啓發意義。因爲在任何卓越的文化系統中，電影工作者的藝術成就，往往是離不開傳統素材的。黑澤明如此，溝口健二如此，柏格曼亦如此。胡金銓之能受到西方影界的注目，亦出於同樣的原因。但是展望中國電影前途，胡金銓後的接棒者，至今迄未出現。至於胡金銓個人的特殊性，以及中國電影文化的隱憂，倒是值得我們深思的課題。

《美洲中國時報》民國七三年二月十三日

從《野山》到《黑炮事件》

最近幾個月裡，紐約地區放映了一系列的中國大陸電影。華埠的電影院、紐約市中城的現代藝術博物館和「新導演・新電影」節，都展映了一些新導演的具體成績，本文選擇其中七部，做一擇要的評介。

本文所要介紹的影片分爲三組七部，分別爲：一、《野山》與《黃土地》，二、《良家婦女》和《青春祭》，三、《非常大總統》、《高山下的花環》與《黑炮事件》。

《黃土地》和《野山》是近年來最受海外矚目的兩部中國大陸電影，兩部片均選入最近兩年的紐約「新導演・新電影」展。兩片的背景都是西北的黃土高原，貧瘠的黃沙大地、質樸拙實的農民性格，加上外來的文化與訊息，爲原來平寂而艱難的農村生活，帶來了陣陣激盪。

《**黃土地**》的時空背景，是抗戰時期中共控制下的邊區，一個歌謠採集隊的戰士，來到陝北的窮鄉僻壤，寄住在一個貧農家中。在這段日子裡，他和農民的子女翠巧和憨憨結爲友好，但也目睹了黃土大地的乾旱無助和鄉間農民的困苦無知。在長期的乾害下，農民們頂著烈陽，歌著、舞著向雨神求助，這時，在導演安排下放出了歌頌共產黨的教條歌曲，卻也透露出深刻的無奈與反諷，它似乎表明著：無情的黃土大地，早已超越了革命教條的能耐，而大自然的魔力，才是人類命運最後的主宰，紅色的革命熱情，卻只是說說唱唱而已。

《黃土地》是一部饒具悲劇意蘊的深湛電影，在一連串豪放的山歌聲中，我們聽到了原始而樸拙的農民心語，他們時時牽引於懷的，只是如何鼓舞上蒼，多留給他們一些生機。而外鄉來的採集隊戰士，原本也該爲農村的少年們帶來一些新鮮的訊息，但是命運終究是無情的，少女翠巧爲了逃避賣婚的噩運（她的賣婚爲的只是籌錢爲她的弟弟憨憨作日後的婚媒之用），顧不得一切，隻身踏入洶湧的黃河，爲的是想離鄉投奔遠方的戰士，但河水無情，最後迎接她的，並非遠方縹緲的契機，卻是湮波浩蕩的洪流。惟一留下的，卻是憨憨無絕如縷的求救呼號，在陰黯的河邊飄颻淡去。

如果說，《黃土地》是一部結合政治反諷與自然悲劇的成功力作，《野山》則是另一部反映農村當前生活，強調城鄉差距與外來影響的精緻小品。故事的背景仍是窮鄉僻壤的黃土高原。但是在文革時代的赤貧之後，經濟改革的浪潮終於衝擊到邊遠的山村，農業經營觀念的轉變，對保守的農民性格逐漸發生具體的影響，「萬元戶」乃成爲少數農村靈活精明之士的奮鬥標的。

《野山》故事的主線是兩戶鄰近農家夫妻的分與合。由於經營觀念與基本性格的差異，在一連串的夫妻反目、陰錯陽差之餘，兩對夫妻重新配對，結合成兩個新家庭。表面看來，這部電影是配合中共當前農村政策，強調「萬元戶」的積極進取，致富不易。但在政策性的「寫實」之餘，導演對於夫妻情感的處理、農民性格的保守憨厚、城鄉生活的眞實差距等，都能深刻得體的做好精心的處理，因此顯得不落俗套，也較少教條與宣傳意味，使得《野山》顯得雅俗共賞。對於西方觀衆而言，這部電影的新鮮有趣更容易引人入勝。而與《黃土地》比較起來，《野山》雖然少去了間接而隱喻的反諷色彩，但顯然多了幾分開朗和趣味。因此《黃土地》的個人藝術風格雖較爲顯著，但《野山》卻可能引起更多觀衆的共鳴。

從黃土高原往南直下，越過長江中上游，雲貴高原的異鄉風光一直是中外旅客的夢中樂土。《良家婦女》是以貴州瀑布地區少數民族爲背景的童養媳故事，《青春祭》則係北方知青下放西雙版納與傣族共同生活的回憶篇章。兩部電影均饒富異鄉色彩。

《良家婦女》的主題是從反傳統與人道的觀點出發，對童養媳制度提出嚴厲的批判。但它又從人性的角度，說明童養媳與婆婆及小丈夫之間，仍有可能維持相當可貴的親情與和諧關係。但是導演顯然認爲童養媳所代表的「封建文化」，是註定不會快樂的，因此雖然劇中的婆婆對待媳婦有如己出，童養媳也待小丈夫如親弟，但整部電影的步調和氣氛仍是沈鬱而幽暗，尤其與優美的山林瀑布對照起來，更顯得人生竟然是黯淡如斯，即使童養媳最後選擇離婚他嫁一途，但她一念及與小丈夫的感情，仍是心碎不已。由於導演的「主題意識」極爲強烈，也間接影響了演員的演技發揮，幾乎所有主要角色都顯得不夠開朗。但另一方面，本片的攝影與音樂的配置，卻頗爲精緻。

與《良家婦女》比起來，《青春祭》的抗議主題顯得隱諱多了。這自是可以體會的。因爲《良家婦女》乃是對傳統文化中的女性卑微地位叫屈，批判色彩自然可以十分強烈。但《青春祭》卻一方面是爲知識青年上山下鄉，浪費青春年華而抗議；另一方面則從傣族天性樂觀愛美、敢言敢愛的角度，對漢族深沈抑鬱、禁言男女之愛的保守性格，提出自我批判，因此不敢太過強烈。雖然《青春祭》所使用的片名和自我批判的主題，在當前中共的文藝政策下，已顯得相當具突破色彩，但除此之外，這部電影在主角情感的處理上，仍然顯得十分放不開，尤其是片尾一場回顧當年不禁熱淚漣漣的江邊夕陽場景，更顯得太過濫情。但除了這些束手束腳，想放又放不開的片段外，《青春祭》可說是以間接的手法，觸及了文革這一代青年的衷懷，它能引起大陸觀衆的廣泛共鳴，也是可以理解的。

除了抗議或批判性的主題外，《良家婦女》與《青春祭》這兩部電影的共同特色之一，是對少數民族的生活採取了正面而深入的介紹，而且不以大漢沙文主義的歧視眼光對待這些邊區文化。另外，這兩部電影在攝影與音樂上都有可觀的成績，在電影製作的整體配合上，也展現了較高的藝術水平，顯得新一代導演對電影語言的掌握，已日趨純熟。

至於另三部政治性主題的電影，則各具不同的水平。《**非常大總統**》是近年來中國大陸所拍的民國人物傳記片中，較爲純熟的一部。與它同時（或先後）推出的電影，如《廖仲凱》等，都失之於敎條或荒誕，但《非常大總統》卻能撇開敎條色彩，比較忠實的反映歷史人物的眞實面貌。尤其在演技與化粧方面，這部電影有相當不錯的表現，這對中國大陸政治掛帥下的政治電影而言，尤其顯得不易。

但是另一部以近年中共與越共戰爭爲背景的《**高山下的花環**》（又名《衞國軍魂》），卻是中共「愛國主義」主導下的敎條化電影。雖然它對軍民之間感情的處理，以及部隊官兵之間角色的安排，並不算失敗，但其中「隱惡揚善」、「前途光明」、「同心協力」等主題意識的色彩，仍然太強，濫情與公式化的場面也太多，因此即使這部片子能換來許多中國大陸「愛國主義者」的淚水，甚至能激發起「仇越意識」，但這對電影藝術而言，實在算不得什麼貢獻。對於習於官方宣傳的中國人而言，也實在看不出什麼突破。

但是，本文所要引介的最後一部電影——《黑炮事件》，無論就電影主題與藝術水平而言，卻都稱得上是中國大陸電影的一大突創。尤其是，導演黃建新初執導演筒，就能在電影尺度與導演水準上開創佳績，更令人激賞。

關於《黑炮事件》的內容，已多有報導，此處只做簡述，它是根據名作家張賢亮的小說改編，描述一位工程師酷愛象棋，因遺失一枚黑炮，特別拍了一封電報請朋友代找黑炮，結果爲發報員密報公安單位暗查，並由該單位黨委書記進行徹查。基於「防範至上，安全第一」的前提，書記對他百般挑剔，並禁止他爲負責安裝機具的西德工程師翻譯，導致日後翻譯發生嚴重錯誤、機具嚴重損毀的慘劇。在安全調查過程中，黨委書記（掌管人事安全與意識形態）與經理之間發生了嚴重衝突，但在政治掛帥的前提下，只有任憑官僚主義橫行、外行領導內行，並導致當事人嚴重的挫折感，最後則是機器損毀，公帑付諸東流。當事情水落石出，深信馬列主義的女黨委書記，萬萬沒想到她一心一意以爲是代表暗語的黑炮，竟然就是真正的象棋黑炮時，她所種下的惡果卻已不可收拾了。

《黑炮事件》是一部敏感的政治性主題電影，尤其是在中共展開反自由化運動，並爲工廠到底應實施經理責任制，還是應維持黨委領導制而爭執未休的今天，這部電影在嘲諷主題上的突破實在令人感到震驚。但更值得強調的是，它同時也是一部頗具藝術深度，時時以隱喩的象徵語言反映政治敏感性的深刻佳構。從一開始公安人員在暗夜的豪雨中靜靜監視男主角的打電報行動，到結尾時兩位頑童以推倒骨牌的方式玩磚塊的場景（象徵連鎖反應），均說明導演黃建新不僅是一位抽絲剝繭的說故事專家，而且也是熟諳電影語法、深具藝術敏銳性的傑出人才。全片無論在鏡頭運用、音樂配景、臺詞安排與情節舖陳等各方面，均迭有佳績。而與《黃土地》等片比較起來，《黑炮事件》也遠爲成熟。在當前全球華人導演中，這樣的傑出的影片實在罕見。

在近年來共黨國家在美放映的電影中，有《黑炮事件》這樣高水準的電影並不多見。去年在美放映的蘇聯電影《天山》也是一部諷刺官僚主義的喜劇，但與《黑炮事件》的深刻諷刺相比，《天山》卻顯得過於造作。就個人觀影經驗所及，只有某些南斯拉夫的電影能有這樣大的突破（如《爸爸離家時》等片）。

《黑炮事件》清楚的告訴我們：中共的官僚主義是如此的嚴重，它的改善也可說是無望的。但《黑炮事件》的成功卻也正告訴我們：卽使是中國大陸這樣一個壓抑創作與言論自由的環境，好導演也還是可以冒尖的。在創作條件、藝術環境及言論自由各方面，港臺影壇都遠遠超過中國大陸，但似乎尚未出現像《黑炮事件》這樣的作品；電影藝術工作者，是否也該有所反省與突破呢？

《中國時報》民國七六年七月二四日

老大哥手下的少數民族

——從電影看蘇聯

（一九八六年）十月十日起一連四個星期，紐約市中城的現代藝術博物館（Museum of Modern Art，簡稱 Moma），放映了蘇聯境內十五個加盟共和國的十七部近期電影（見附表）。在現代藝術博物館首映之後，將在全美各地巡迴演出。這是近年來在美國最大的一次蘇聯電影節活動，無論從認識蘇聯各地風土人情，或從了解蘇聯電影藝術水平的角度來看，都是值得關注的。

這次展出的電影，最重要的特色之一，是網羅了不同民族背景的傑出電影人才，同時影片主要是以當地的民族語言（而非俄文）發音的。對於佔蘇聯人口近一半的少數民族，可以建立起基本的認識。同時也可以對蘇聯這個「社會主義帝國」境內的各種差異性與多樣性，有一初步的了解。

但是，若進一步探討這項電影節的特色，觀者當可發現，蘇聯境內本身即有第一、二世

片名	譯名	導演	出品國
1. Tango of Our Childhood	童年舞曲	Albert Mkrtchian	亞美尼亞 Armenian S. S. R.
2. Come and See	來看看吧！	Elem Klimov	白俄羅斯 Byelarussian S. S. R.
3. Farewell	告別	Elem Klimov	大俄羅斯 Russian S. F. S. R.
4. The Revolt of the Daughters-in-law	媳婦造反	Melis Abzalov	烏玆別克 Uzbek S. S. R.
5. The Unmarked Load	沒有標記	Vladimir Popkov	烏克蘭 Ukrainian S. S. R.
6. Descendant of the Snow Leopard	雪豹的後裔	Tolomush Okeev	克爾吉玆 Kirgiz S. S. R.
7. Trial on the Road/ Checkpoint	檢查站	Alexei German	大俄羅斯 Russian S. F. S. R.
8. The Bullfight/ Corrida	鬥牛	Olev Neuland	愛沙尼亞 Estonian S. S. R.

9. Sheherazade's 1002nd Night	一千〇二夜	Takhir Sabirov	塔吉克 Tadzhik S. S. R.
10. The Legend of Suram Fortress	蘇蘭堡傳奇	Sergei Paradjanov & Dodo Abashidze	喬治亞 Georgian S. S. R.
11. Meeting in the Milky Way	銀河系相會	Ian Streitch	拉脫維亞 Latvian S. S. R.
12. The Nut Bread	堅果麵包	Arunas Zhebrunes	立陶宛 Lithuanian S. S. R.
13. My Home in the Green Hills	我家就在青山上	Assya Suliyeta	哈薩克 Kazakh S. S. R.
14. Fraggi Deprieved of Happiness	憂	Hodjakuli Narliyev	土庫曼 Turkmen S. S. R.
15. The Lautars	遊唱者	Emil Lotyanu	摩拉維亞 Moldavian S. S. R.
16. Here You Won't See Paradize	天堂難覓	Tofik Ismailov	阿塞拜疆 Azerbaidjan S. S. R.
17. Blue Mountains	天山	Eldar Shengelaya	喬治亞 Georgian S. S. R.

界與第三世界之分：大俄羅斯與歐陸部分的各共和國可被視爲前兩者，中亞與接近東南歐的各共和國則充分顯示了第三世界的經濟、文化與民族特色。另外，雖然歐陸部份的蘇聯在生活與民族血緣上接近西方，但由於文化與政治傳統上的深鉅差異，在電影技法與內容上，仍與西方（西歐與美國）電影有極大的分野。非商業化、強調直接的感受力以及內容主題的深沈，尤爲其中主要的特徵。

我一共觀看了這次電影節中的八部影片。現分三類析論如次：

（一）《童年舞曲》、《天山》與《遊唱者》

這是三部蘇聯西部民族的電影。亞美尼亞與喬治亞是緊鄰的兩國，與土耳其爲界；摩拉維亞則在羅馬尼亞旁邊，人民講的就是羅馬尼亞話。雖然這三個國家都是蘇聯的一部份，但與蘇聯境外鄰國的民族血緣卻遠勝於與俄羅斯民族的關係。在電影內容上也出現了很大的歧異。

《童年舞曲》敍述的是一個窮困的亞美尼亞家庭，中年的夫妻反目，丈夫一怒之下搬出與情婦同住，髮妻則鎮日爲了維護顏面而打腫臉充胖子，也爲子女的教養問題而操心不已。她不斷要求丈夫重歸於好，甚至帶了子女，穿戴著借來的華麗服飾，在分居的丈夫家前來回炫耀，但是終難挽回失敗的婚姻。

《童年舞曲》雖然是蘇聯的出品，但在風格上更接近南歐電影，尤其是意大利的新寫實主義電影，在現實的淒苦與無奈中夾雜著嘲諷與幽默。導演對於氣氛的經營與明暗影差效果的處理，匠心獨運。影片一開始是陰暗的庭院中少年們的探戈起舞，但是愉悅的音樂聲突然爲暴怒的父親所打斷，探戈舞也立卽進入了靜止狀態。全場的舞者與鄰人們都目擊了一場夫妻爭執的鬧劇，最後則是做丈夫的帶著行李、駕著馬車，在暗夜中拂袖而去。

《童年舞曲》的電影技法與主題對於熟悉西方電影的觀衆而言，是絕不陌生的。但《天山》這部喬治亞的出品，卻是另一種新鮮的觀影經驗。

《天山》的故事主題是講一個年輕的小說作家，寫完了一本《綠山，又名天山》的小說集，送到當地的官方出版社請求出版，但卻受到官僚們的層層阻碍，十幾位出版社編輯們都虛應故事，佯做關心，但拖到評審會議召開時，卻沒有一個編輯看完這本小說集。而有趣的是，由於這位作家鎭日與編輯們接觸，總編輯竟然將其派去調查出版社大樓的建築安全工作，對他送來的小說卻完全不關心。更嘲諷的是，整個出版社的編輯們每天忙著下棋、吃飯、吵架，從不肯花一點時間做編輯本份的評閱工作，而出版社裏的修理工人，卻是唯一對閱讀作品感興趣的。但這對作家來說，卻完全無補於事。

天山，對於喬治亞人而言，是遙遠的中國境內的大山脈，對於這本小說的作者而言，則是一個遙不可及的夢想。由於官僚主義的作祟，出版社所在的危樓安全問題始終未能解決，最後終於在評審《天山》會議時坍陷了。《天山》這部小說的出版從此更是遙遙無期。

《天山》是一部高度嘲諷的政治電影，導演用挖苦的方式，拍出了一部批判官僚主義的喜鬧劇，他的寓意與用心是昭然若揭的。蘇聯當局能允許這樣深刻的政治性批判電影發行，顯然本身也意味到官僚主義的嚴重性了。

與《童年舞曲》及《天山》這兩部以當代爲主題的電影相比，《遊唱者》這部史詩性巨作，顯然有更深厚的民族與歷史色彩。電影的主題是摩拉維亞境內最後一個遊唱團的悲楚艱辛，團長從少年時代起就以傑出的小提琴演奏馳名全國，甚至在西歐名聲大噪。但是由於官方與教會對遊唱者的歧視，認爲他們是上帝所棄絕的人們，不得與清白女子結婚，死後也得不到教會的送終。他們倍受社會的歧視、政治的干擾與軍警的戕害，最後仍是孤苦一生。

《遊唱者》是一部近一百五十分鐘的長片，摩拉維亞與吉普賽的民謠不時穿插其間，相當接近西方的歷史音樂片（但卻非歌唱或歌舞電影）。雖然導演的電影技法非常陳舊，但由於故事內容與音樂效果非常豐富，電影語言的部份缺陷也就不覺顯明了。這部電影對觀影者而言，可說是一場奇妙的「音樂饗宴」。

（二）《媳婦造反》、《我家就在青山上》與《天堂難覓》

這是三部中亞地區的電影，分別以烏茲別克、哈薩克和阿塞拜疆語發音。整體而言，這是第三世界式的電影製作，民族特色豐富，但電影技法與內容都嫌粗糙。其中《媳婦造反》與《天堂難覓》都是二流以次的作品，水準並不高。

《媳婦造反》敍述的是一個老寡婦帶領七個兒子和他們的妻子，掌管全家大政的大家庭故事。後來由於第七個媳婦帶進了「核心家庭」（小夫妻單獨居住）的觀念，造成家庭革命，媳婦們要求分家，老婆婆看大勢已去，離家沈思之後，乃向地區政府當局申請住屋，將七位兒子各安其所。

對於東方觀衆而言，這是一部典型的婆媳關係與大家庭紛爭的老故事，除了中亞民族的生活型態能引起新鮮感外，實在只能當肥皂劇看看。但對西方（尤其是女性）觀衆來說，這部電影卻饒富興味，因此也能吸引她們從頭坐到尾而不覺厭煩。

但是另一部回教民族阿塞拜疆的《天堂難覓》，卻不能達到這樣的效果。這部電影的主題是阿拉伯世界的神話傳奇，老國王與三個王子歷險的老故事。但是導演的水準不高，同時又不斷在傳統民族戲服與場景間，挿入流行歌曲，很像早期臺灣低成本的古裝俠義劇。在怪力亂神中，還交雜著電子鼓琴音樂，這部電影是不看也罷的。

在這三部中亞電影中最可取的是哈薩克的《我家就在青山上》，敍述一個山上牧居的幼童，下山到城裏就學，因爲無知、土氣和對都市生活的適應不良，多次輟學逃回山居。影片對兒童的純稚無邪、牧人的誠懇樸實和城鄉生活的差距，做了相當中肯的處理，允稱爲典雅精緻的小品。無論視爲民族藝術電影或民俗教學影片，本片都是上乘的佳構。

（三）《來看看吧》和《告別》

這兩部電影都是蘇聯現任電影協會主席（第一書記）克利莫夫（Elem Klimov）的作品。前者以白俄羅斯語發音，後者則係俄語電影。這兩部電影都以深湛沈穩取勝，極注重藝術感染與情緒渲染效果，可能是這次參展電影中最傑出的兩部。但觀衆必須有相當的觀影經驗，才能適應這兩部電影的深沈語法。

《來看看吧》敍述的是二次大戰期間，德軍入侵白俄羅斯，屠殺五百餘村落的血淚巨作。故事的主線是透過一個少年的主觀體驗，從戰前的田園生活，到參加俄軍少年團，目睹俄軍的防衛工作及其中的各種陰暗層面，一直到德軍的入侵，燒殺刧掠、慘絕人寰。導演以流暢的電影語法，不同凡俗的大場景安排，深深感動觀衆的衷懷。他不斷將攝影機當做少年的眼睛，以第一人稱的主觀景觸觀察事物，使得觀衆以主角本人角度（而非全知的角度）進入電影的場景，有如親身目睹一樣，看到了人世少見的慘烈與血淚。再加上配樂應用的是現代樂作品，不和諧音不斷在耳際揚起，更造成極逼眞的「戰時」效果，彷彿觀衆本人卽在戰場上，面對著德軍的廝殺，這種觀影經驗絕不愉快，但對於曾受到德軍肆虐的猶太人與歐洲民衆而言，這部電影的語法卻是最爲傳神的，它對觀衆的深摯感動力，也是電影史上少見的。

另外，導演也以特殊的角度觀察戰時的自然世界。他捨棄清一色戰爭場面的好萊塢戰爭片的處理方式，卻不時透過林中的巨嘴鳥、草原中的乳牛等景象，映照一般戰爭電影中難見的大自然場景。至於處理大規模的戰爭場面，導演的功力也是少見的成功。近年的電影中，或許只有黑澤明的《亂》和卡波拉的《現代啓示錄》可以比擬，當然，這樣的場景是否過於誇大，也是可以批評的。

與《來看看吧》的沈痛嘶喊相比起來，《告別》無寧是一部更細緻而內斂的作品。它所說的是一羣長年在離島上生活的居民，因爲蘇聯政府的一項大型水利計劃，被迫遷居。但是基於對土地的感情與世世代代傳統的依戀，他們面臨了極大的精神上的試煉，告別故土前的幾個月生活，也因之發生了極大的扭曲，人際關係也變得緊張起來。雖然在強權的陰影下，遷居計劃逐步執行，但仍有多位島民毅然決然死守孤島，在湮波浩盪的大海中，隨祖先的故居與島上的大樹神，一同面臨了水葬的命運。

導演雖然是蘇聯電影協會的主席，但他在這部電影中對官僚機器的抗議無疑是深刻的

——雖然仍有著隱藏性。如果任何文化傳統主義者和生態保育人士要選一部深刻的電影凸顯他們的看法，這部電影或可提供極佳的「旁證」效果（因爲這部電影原本不是爲某些意識型態或運動而拍攝的）。

如果嚴肅的觀影者希望看到深湛的電影作品，《來看看吧》和《告別》無疑是近年來蘇聯電影中夠格的入選者，一般的觀衆也不應失之交臂。

《時報周刊》民國七五年十一月

從紐約看新電影

本文評介的電影共有十五部（見附表），其中約一半是來自西班牙的電影，另一半則分別來自波蘭、瑞典、匈牙利、南斯拉夫、日本、西德及美國。

在紐約第三屆西班牙電影節的幾部片子中，以《傻瓜的戰爭》最具政治嘲諷意味。這部電影敍述在西班牙內戰期間（一九三六～三九），一羣精神病患從醫院中偷得一輛軍車和若干武器，在逃亡馬德里途中與一羣無政府主義游擊戰士邂逅，從而加入了游擊隊的行列，並學會了使用各種武器的方法。不幸的是，在與國民軍的一場遭遇戰中，一名精神病患首先戰死，其餘的病患在挫折與瘋狂之下，竟打死了所有的游擊隊員，只有游擊隊長負傷而逃，而精神病患的領袖從此卻以游擊隊長的名義到處瘋狂肆虐。游擊隊長爲保全他自己的名聲，只有在負傷的情況下出面自首，向當地的法西斯領袖投降，並被判死刑。處死當日，成羣的民衆以哀傷的眼神目睹了行刑的場面，在樓臺窗口上，法西斯領袖正慶幸敵人剛剛死去，誰知

片　　名	譯　　名	導　　演
1. The War of the Loonies	傻瓜的戰爭	Manelo Matji
2. A Time of Silence	寂靜時刻	Vicente Aranda
3. The Journey to Nowhere	歸程何處	F. Ferman Gomet
4. Half of Heaven	天堂的半途	M. Gutierrez Aragon
5. Lola	蘿拉	Bigas Luna
6. Lulu by Night	露露的夜	E. Martinez Lazaro
7. Nanny Dear	親愛的乳娘	J. Luis Borau
8. Law of Desire	慾望的法則	Pedro Almadovar
9. A Woman from the Provinces	鄉下的女人	Andrzej Baranski
10. In the Jaws of Life	人生隘口	Rajko Grlic
11. My Life as A Dog	如狗的歲月	Lasse Hallstrom
12. Rosa Luxamburg	羅莎・盧森堡	M. Von Trotta
13. A Hero's Journey	英雄之旅	William Free
14. Dark Hair	黑髮	Midori Kurisaki
15. Package Tour	旅行團	Gyula Gazdag

在他的背後，被拘執的精神病患卻偷偷拿起了短刀，向他一刀刺去。

《傻瓜的戰爭》在處理精神病患的內心戲上有十分傑出的表現，精神病患的表演也不慍不火，不覺造作。在戰爭場面的處理上，導演雖然較同情無政府黨人，對法西斯主義者譴責較多，但最終還是以戰爭的無情做爲主線，沒有讓意識型態的偏好帶著走。這與意大利名片《一九〇〇》（巴塔路其導演）過度意識型態化的情況相比，可說是較爲成功之處。當然，這部片子基本上並無史詩電影的企圖，場面比《一九〇〇》要小得多，可稱得上是描繪動亂時代的精湛小品。

《**寂靜時刻**》是另一部深具政治與社會意識的西班牙電影。主題是一九五〇年代法西斯專政下的馬德里，一位家境寬裕的年輕醫學研究人員在尋找供實驗室用的小動物時，接觸到了他從未涉身的都市貧民窟生活，也目睹了嚴重的社會貧富差距。在一連串複雜的意外事件後，他以非法行醫，爲貧民窟的女孩墮胎致死而被捕，最後雖獲釋，但他的女友卻被貧民窟中的一名流浪漢殺死，原因是流浪漢要他爲他的誤醫而負責（事實上女孩是在他實施急救前卽因流血過多而死去了）。

導演在這部電影中，運用了許多側高的角度，將法西斯統治下的低迷氣氛做了簡潔的交代，同時也將年輕醫生的小資產階層知識份子生活，以及與貧民窟的赤貧歲月，做了精緻的對照。雖然以年輕醫生的赤子之心，但終難克服兩個不同階層間的鉅大鴻溝，他基於人道理由企圖挽救貧家女生命的努力失敗了（貧家女是因父親亂倫而懷孕及被迫墮胎的），他的救人行動也因違背天主教規而遭到警方拘捕，最後他的女友更因他的良善意圖而寃死。導演多次運用靜肅的鏡頭，強調了在這種巨大的社會階層差異下，一個小知識份子的無奈與憂傷，也間接而含蓄的透露了對那個不幸時代的深沈哀憫。

同樣的哀憫情緒，也出現在《歸程何處》這部片子中，只是政治性的意蘊減弱，代之而起則是對一個被淘汰行業的惋惜。《歸程何處》是描繪一個流動劇團的滄桑史，從慘澹經營到最後被電影工業完全打敗而結束。劇團演員只有流散四方，有的改行，有的則淪爲電影裏的小配角，終老一生。導演對這羣演員悲喜生涯的描繪，相當程度是對劇場人生的感嘆，也可說是演藝工作者的一幅自畫像，在淡淡的憂愁中透露著對歷史潮流的無奈。

在西班牙語系的文藝作品中，魔幻主題常是一項引人入勝的題材。在今年的西班牙電影節中，《天堂的半途》也是一部這樣類型的作品。這部片子主線敍述一個農家少女在都市中逐步上爬的過程，她失敗的婚姻、複雜的三角戀情，以及她的倔強女兒，都不斷困擾著她的思緒。電影的副線則是魔幻主題，少女的祖母是一個通靈的老婦人，每當祖母穿著象徵傳統的木屐鞋時，許多夢幻般的奇蹟就出現了。詭異的是，女主角的小女兒從小就傳承了這種魔幻能力。在許多沉寂的夜裏，小女兒和她曾祖母一樣穿上木屐鞋，然後就可預測賭馬的勝負，也可預知未來。這種通靈的能力，使得女主角深覺困擾，但也無可奈何。而她與祖母之間原本和樂的關係，最後終於崩潰，祖母則在自我放逐式的流浪中，與世長辭了。

《天堂的半途》雖因魔幻主題而夾雜了幾分奇幻的異國風味，但眞正的主線仍是強調傳統與現代文化之間的對峙，純樸的農村習俗在光怪陸離的都市文明中，顯得完全不對頭。女主角雖然勉強適應了都市的緊張步調與功利的價值觀，但祖母的故去和她女兒所承繼的魔幻傳統，卻讓她永遠低迴不已。

和《天堂的半途》一樣，另外兩部女性電影《蘿拉》和《露露的夜》，也以都市女性的悲喜生活爲主題，但步調顯得更具現代感，也不帶魔幻意味。《蘿拉》描繪一個鄉下女工，擺脫長年酗酒的老情人，來到大城裏與一個法國商人結爲夫妻。不幸的是，她的舊情人卻又找上了她，舊情復燃之後竟在爭執失誤中將她殺死。這部電影劇情發展頗與一般美國式的肥皂劇雷同，幸虧導演在佈局上頗見巧思，女主角演技也精湛而大膽，使得它不同凡俗。

《露露的夜》描繪的則是一個劇場導演爲他的新劇《露露》找女主角時，發生的一連串混亂男女關係。《露露》是一部老劇本的新演出，主題是在十九世紀末倫敦市發生的妓女連續遇害案件。而這個劇場導演在找尋擔任「露露」的女主角的過程中，竟遇到了與這部劇本相似的眞實情節。導演的兩位前任女友都遇到了一個帶神經質的夜總會喇叭手，喇叭手則殺害了他的老相好（正是一名妓女），又在一次瘋狂的駕車中與一位貴婦人同死於非命。整個《露露》的情節似乎在眞實生活中又再現了一次。而現實人生與劇場生涯間的荒謬關係，就成了《露露的夜》這部電影所要傳達的強烈訊息了。

《蘿拉》和《露露的夜》都是以都市生活中不同背景的女性生活爲主題，不管是尋求獨立自主的社會角色或性別角色，她們的最後結局卻往往是不幸的。但是，另一部西班牙電影《親愛的乳娘》卻掌握了不同的女性處境，而且也強調了另一面的樂觀氣息，使我們終於看到另一種現代女性的積極面貌。

《親愛的乳娘》的女主角有兩位，其一是名將之女，另一位則是她的乳娘。將軍之女的父母早已逝去，她從小即入修道院，現在年近中年卻想還俗返家生活，不料卻遭到親哥哥的反對（哥哥害怕她因此而重新要求分遺產），乳娘則支持她的還俗念頭。在靈與俗的掙扎中，將軍之女終於脫離了修女生涯，但也立即陷入一段短暫的愛情之中，對象是一位研究西班牙近代史的英國學者，但她很快發現，英國學者所感興趣的，事實上只是她父親個人的歷史資料，她只不過是被利用而已。在經過仔細的衡量後，她決定了斷情絲，但仍對英國學者予以必要的協助，最後將軍的自傳終於在這位學者的編注下出版了，女主角自己也在情感上重新獨立起來，並找到新的對象。

除了在「西班牙電影節」外，今年紐約的「新導演・新電影」電影節中，另外也選進了一部西班牙電影《**慾望的法則**》，這也可能是最近的西班牙影片中最受爭議的一部，主要的原因是它的主題——男同性戀間的爭風吃醋和兇殺事件。導演在影片中以極露骨的方式描繪男同性戀的愛情，但由於場景過多，顯得太過黏膩，一般觀衆可能不會抱以好感。整體而言，這部電影主題雖然新奇，但處理方式仍嫌粗率，很難在同性戀圈外獲得共鳴，效果不免也大打折扣。

至於其他幾部「新導演・新電影」中的片子，卻不乏雅俗共賞的傑作。波蘭電影《**鄉下的女人**》以連續跳接的手法，將一個老婦人平凡的一生作了極精緻的交代。尤其是女主角從年輕至老年，無論化粧或演技，均可圈可點。惟一美中不足的是，導演在不同年代背景之間的跳接，幾乎全無規律可言。有時一下中年，一下七十歲，一下又是童年，跳躍不定，使觀衆常需花很久的時間才能摸清情節的發展。除了敍事觀點跳躍不定的缺陷外，這部電影所傳達的時空差異與大時代訊息卻是相當深刻的。

南斯拉夫電影《**人生隘口**》也是另一部以女性爲主題，而且敍事觀點相當特異的喜劇。它的主角有兩位，一位是電視公司的女製片，另一位則是她所剪輯的影片中的女主角——一位渴望愛情的胖女孩。女製片在三個戀人間徘徊不定，而她片中的女主角則在追尋男性眷顧的過程中備受挫折，但是，在影片的剪輯過程中，女製片對於她自己愛情觀的了解越來越清晰，對於兩性關係的認識也愈見透徹，最後她做了自己的選擇，而在她的劇中的女主角也終於找到了歸宿。

在這部片子裏，導演非常清晰交代了影片進行中眞實人生與戲劇生涯的分野，但另一方面他也清楚的告訴我們，在內涵上這兩者間的雷同卻是極爲明顯的。除此之外，他深入了女性的思維中，表現出現代女性對身材、美貌、愛情及兩性關係的多樣看法，在雋永的喜樂之中，透露出人性的眞貌。在近年的南斯拉夫電影中，《人生隘口》和去年的《父親離家時》一樣，都可稱得上是深刻的佳作。

今年最受矚目的一部北歐電影，應屬「新導演・新電影」中一炮而紅的瑞典片《如狗的歲月》。這部電影目前已展開全面性的商業放映，也是一部老幼咸宜，值得全家一同觀賞的難得佳片。

《如狗的歲月》描繪一個可愛的小男孩在母親臨終前的一段生活，母親在世時他每天像小狗一樣蹦蹦跳跳，到處頑皮。母親病重時他被送往遠方的親戚家，看到了另一個新的世界，結交了小女友，也看到了大人世界的錯綜複雜。最後母親病逝了，他的世界也蒙上了淡淡的憂愁。

《如狗的歲月》可能是繼英瑪・柏格曼的電影以後最令人感懷的瑞典傑作。電影語言如行雲流水般，順暢而自然。全片中完全看不到好萊塢電影的牽強附會、無聊嬉鬧，也無濫情式的感傷；而且兼具幽默感與深刻的人情味，像是一篇深湛感人的散文，使讀者愛不釋手。

如果說，《如狗的歲月》是一九八七年紐約電影市場裏的罕見佳績，德國影片**《羅莎・盧森堡》**則是另一部罕見主題的好片子。

羅莎・盧森堡是國際共運史中的名將，她生於一八七一年，是波蘭裔的猶太人，在波蘭加入左翼運動，後來遷到德國，組織德國社會民主黨，成爲黨內重要的理論家。在一次大戰期間，她因反對德國參戰而多次被捕，至戰後方獲釋。她又與社民黨的溫和派分裂，另組激進（但反暴力）的斯巴達團，最後在一九一七年被右翼軍人殺害，年僅四十九歲。

在這部傳記電影中，導演將重點放在她的情感生活和革命活動上，由於需處理的情節甚多，對她與其他革命領袖的關係著墨較少，但對她獨處時的內心戲的描繪卻頗見功力。導演特別強調盧森堡的女性情懷，但也未忽略她的革命生涯。扮演盧森堡的德國女星舒庫娃(Babara Sukowa)，過去曾在法斯賓達的名片《蘿拉》中飾演冶艷的女主角，在本片中則極成功的扮演了一個有血有肉的革命女將，並因而榮獲一九八六年坎城影展最佳女主角獎。像她這種能兼具美貌與智性的女演員，在中國影壇及好萊塢世界中都是少見的。而像《盧森堡》這樣的電影，若淪落到好萊塢製片商手上，也很可能又拍成像《赤色》(Reds)那樣的濫情而矯飾了。

最後，我們將介紹三部最近在紐約放映的記錄片型的電影。《**英雄之旅——約瑟夫・坎普爾的世界**》，以極流暢的語言，介紹著名的人類學者與神話學家坎普爾（Joseph Campbell）的研究生涯與理論。坎普爾本人早年出身於哥倫比亞大學，以比較研究西方與東方神話而著稱，他對神話（myth）的解釋極富深蘊，強調「神話」並非「迷思」，而實有深刻的寄寓意涵。坎普爾本人也是一個說故事能手，記錄片的導演更能以活潑的意象傳達坎普爾的知識訊息，使得一套複雜的神話理論，在短短的一個小時影片中做了相當深刻的演繹。

根據坎普爾的神話理論，日本片《**黑髮**》，將傳統日本婦女留長髮的習俗，及其對男性效忠的意涵，做了一番文化意義的闡釋。導演不時將能劇及傀儡劇中的場景搬上銀幕，藉以強調傳統的婦女角色，只可惜導演過分執著於傳統戲劇中的連續場景，導致劇情過於沈悶，使得這部電影的演出效果受到很大的妨碍。與前述的《英雄之旅》比起來，《黑髮》倒像是過去的社教片，生動性減低了不少。

但是本文所要介紹的最後一部記錄片——《旅行團》，卻是一部生動而感人至深的匈牙利作品。這部電影的導演格士達（G. Gazdag）是記錄片名家，他在一九八四年隨一團包括一百四十位在二次大戰生還的匈裔猶太人，搭上三輛旅行團包車，從匈牙利駛往波蘭的前納粹集中營艾許維茲。他們希望在臨死之前重顧一下當年逃生的罪惡之地，導演獨特的運用他捕捉特寫鏡頭的高明技術，將這些劫後餘生的猶太老人內心的沈痛和感傷，極爲傳神的傳達給觀衆，也使得當年納粹屠殺猶太人的慘史，如眞如實的感染到觀衆身上，並不得不流下同情之淚。在近年來類似主題的記錄片中，長達九小時的《Shoah》或許最爲有名，但這部《旅行團》卻可能是感人最深的。對於記錄片的工作者而言，這部片子也很可視爲一項模範。

根據以上的介紹與分析，今年歐洲電影的重要特色，應該可以歸納爲下列兩項：一方面是眞實人生與虛幻世界（不管是虛幻世界或是劇場生涯）的強烈對映；另一方面則是婦女角色的深層探索。在這兩項主題的交映下，我們看到了現代婦女在奮鬥中的多重面貌，也不覺重新思索一個複雜而困惑人心的老問題：人生如戲，還是戲如人生？

《時報周刊》民國七六年五月

卷三

紐約對話

從蘇聯研究到東歐政局

在一般自由世界人民的眼光中，蘇聯是一個神秘而恐怖的極權幽靈，這種觀點經過雷根等人保守主義世界觀的強化，近年來美蘇關係已日益僵化，而美國人民對蘇聯的反感也不斷在昇高之中。冰島會談的失敗，雖然成爲許多自由派攻擊雷根外交政策的口實，但對大多數的美國人而言，雷根的作法仍是明智的。卽使許多科學家團體聯名指責雷根「星戰」計劃的不切實際，雷根的政策觀點——加強國防與堅持強烈反蘇，仍然受到歡迎與普遍認可。

但另一方面，美國的蘇聯專家們，卻不斷在爲政治家們提供政策獻言，同時也在爲一般人民做有關蘇聯的「解謎」工作。蘇聯與東歐研究在緊張的美蘇關係中不斷擴展，已成爲當前社會科學界的顯學之一了。

這兩年新出版的蘇聯研究著作中，最受人矚目的一本，無疑是美國最機敏的一位蘇聯觀察家，哥倫比亞大學政治學教授畢亞勒（Seweryn Bialer）今年出版的新著《**蘇聯的矛**

盾：對外擴張與內政傾頹》（*The Soviet Paradox—External Expansion, Internal Decline*, 1986）這本近四百頁的大著由紐約卡那夫公司（Knopf）出版以來，極受學、政兩界的矚目。同時也已成爲美國各大學蘇聯研究課程的必備教材之一。

畢亞勒是出身於波蘭的共黨事務與革命理論專家，早年（一九五〇年代）畢業於華沙社會科學院，並成爲波共的理論班子。流亡西方後，畢氏在一九六六年從哥倫比亞大學政治系畢業（博士學位），並逐漸成爲美國最重要的蘇聯專家。他的名著：《**史達林的繼承人：蘇聯領導權的穩定與變遷**》（一九八〇）和《**史達林和他的將軍們：蘇聯的二次大戰軍事回憶錄**》（一九八四），備受好評，畢氏並因爲在這方面傑出研究成績，在一九八三年榮獲美國學界獎金最高的麥克阿瑟獎（此獎與麥克阿瑟將軍無關），這也是第一位得到此獎的蘇聯學家。

在《蘇聯的矛盾》這本書中，畢亞勒放棄了過去專論性研究著作的寫法，改採綜觀型的通史角度，將史達林以來的蘇聯政治史，做逐項的分析。並將蘇聯歷位領導人的掌政主要事蹟及人格特色，做了個別的專章討論。這一部份共八章，構成了這本書的第一部份〈轉型中的蘇聯〉。

接下來的篇幅，分成兩大部份，前一部份〈共黨的圍堵〉（共四章），分析了共黨革命理論與實際的侵略方式，以及維持一個龐大帝國的沈重負擔。但即使維持此一帝國（主要是指蘇聯的國內少數民族共和國及東歐各國）的成本甚高，但作者明揭指出，基於意識型態背景（即社會主義必將征服資本主義的信念）、戰略安全顧慮及經濟要求（東歐事實上在軍事與民生兩方面支援蘇聯經濟）等理由，蘇聯的領導人決不會放棄此一龐大帝國。另一方面，東歐各國也扮演了一個東西衝突間的緩衝性角色。譬如由於東德的兩千萬同胞的存在，就使得西德必須維持著某種的「東向」政策，也必須維持著與蘇聯的高度經濟關係。

此外，東歐各國也在對西方的外交關係上，保持較大的彈性，也肩負著向西方解釋蘇聯政策的任務。在這一部份中，作者也特別檢討了東歐的異議運動，尤其以專章討論一九八〇年以來波蘭自由化運動的衝擊，另外中共與蘇聯之間的衝突也是此一部份的檢討重點。

第三部份是〈一九八〇年代的蘇聯外交政策與對美關係〉，畢亞勒同樣採取了歷史的眼光，從外交史與共黨意識型態的角度，檢討蘇聯外交的根源，並從東西兩大集團的人口與經濟資源角度，分析外交政策的資源性問題。接著他逐章檢討了一九七〇年代的「低盪政策」和雷根當政以來的外交情勢。作者指出，由於蘇聯內部經濟的沈重負擔，因而，如果雷根總統堅持他的增強國防經費計劃，蘇聯將越來越難以保持它的軍力水平。由於蘇聯經濟成長率低、工業產品質量差、機器陳舊、工人生產力低落等因素，使得它的軍事野心受到很大的限制。但是，畢氏也特別指出，如果美國堅持它的高度軍事成長率的話，蘇聯必將放棄其它的發展項目，將資源與能力集中於武器系統方面，換言之，雷根的整軍經武並不能頓挫蘇聯的軍事整治意願，相反的，它只會使蘇聯內在的經濟壓力日益嚴重，而以武力建設為主要標的，同時也會使兩強的軍事競賽日益昇高。從上述的理由看來，戈巴契夫在此次冰島會談中降低武器競賽的要求，實在是可以充分理解的。只可惜雷根和他的策士們並未讀懂（或讀過）蘇聯研究專家們的分析論證，白白送掉了一次緩衝的契機。

除了畢氏這本內容精湛的大著外，今年還有好些重要的著作問世。西景出版社（Westview Press, Boulder, Colorado）的《**蘇聯經濟與政治：互相依賴的問題**》，是一本重要的論文選集。作者包括西方最重要的東歐與蘇聯經濟專家：英國格拉斯哥大學榮譽教授諾夫（Alec Nove）、倫敦大學教授維爾斯（Peter Wiles）、西德科隆大學的赫門（Han-Hermann Hohmann）和著名的美籍蘇聯政治專家赫夫（Jerry Hough）等人。在本書的十四篇專文中，英、美、德三地的學者分別檢討了蘇聯的政治史、政治文化、意識型態、經濟政策與其負責機構、黨組織和「軍經綜合體」（Military-Industrial Complex），另外也對經濟改革、各地區不同的政治經濟發展、蘇聯對東歐的經濟控制、外交決策中的經濟決策、武裝輸出以及對第三世界的外交政策等，做了廣泛的探討。這本書作者陣容之堅強，討論課題之深入與廣泛，都是不容失之交臂的。

除了這本論文集，一向以共黨研究出名的西景出版社今年又出版了好幾本有關的新書，印地安那大學政治學者哈默（Darrel P. Hammer）的《**蘇聯的寡頭政治**》（*The USSR: The Politis of Oligarchy*），是一本最新修訂的通論著作。它從黨組織、各級政府與行政結構、軍事與工業官僚系統、司法組織與人權問題到領導權的更替等，都做了精要的分析。另外他也特別對蘇聯的福利國家與公共政策做了專章討論。對於蘇聯學界爭執許久的極權主義與多元主義的兩途徑，作者也在結尾中特別做了比較。

作者指出，當前修正的極權主義論者已較少強調當初（一九五〇年代）極權主義（totalitarianism）定義中所提到的恐怖（terror）與意識型態因素，同時他們也承認今日蘇聯已是寡頭統治（oligarchy）而非獨裁統治（dictatorship）。但是蘇聯政治系統的主要特色仍是高度中央化的管制，同時主要仍由少數上層領導人所指揮。至於相對的多元主義論者則認爲，在蘇聯政策制訂過程中，各種不同團體的衝突與異見，已成爲蘇聯政治的主要特色，他們強調今天的蘇聯政策決定系統中有許多代表不同利益的不同參與者，而且沒有任何一個團體能在權力的運作中，享有至高的或無限制的權威。當然他們也承認，這種「多元主義」與西方民主體制裏的「多元主義（pluralism）」並不相同，因此，名詞的使用須做特別的界定，並應謹愼使用。

在東歐研究方面，西景出版社也出版了一本與上述相似的兩本通論性著作。這是維也納歐洲研究院的學者哈桑（Baruch Hazan）寫的《**東歐政治系統**》和華盛頓大學教授瑞莫（Pedro Ramet）編的《**一九八〇年代的南斯拉夫**》。前者的寫法適合做爲大學部的教科書用，從東歐各國的選舉、國會、共黨、民族議會、司法系統、民族陣線（National Fronts）到領導人、政教關係等，均做了提綱挈領的介紹。至於後者對南斯拉夫的研究，則係典型的論文集編法，從制度分析角度檢討了南國的自治制度、共黨聯盟（該國共黨係以「聯盟」而非黨的名稱出現）的現狀、狄托死後的政軍關係等；另外還有近十篇論文分別探討南國的民族問題、宗教政策、意識型態傳承（狄托主義）、女權運動、環境政策、不結盟運動及對蘇政策與改革問題等。這在近年的南斯拉夫研究中，無疑是最全面性的著作之一。也是想了解東歐政局發展，以及南國這個共黨國家想從社會主義走向自由與福祉的道路中，面臨種種陣痛與困擾的一本佳作。

最後，應該特別一提的新著，是一向由歐洲的自由歐洲電臺（Radio Free Europe）研究資料編選的年度資料集《**蘇聯——東歐調查**》（*Soviet/East European Survey,* 1984~85），最新的版本已由美國南方名校杜克（Duke）大學出版了。這本四百頁的選輯，是資料廣博且富權威性的。本輯包括六十七篇短文，從克里姆林宮的派系關係、烏茲別克的貪污與反貪行動，到匈牙利青年的異化和波蘭自殺率的提高等，本書提供了許多頗富興味的課題和資料，對於了解此一世界的社會生活和政治局勢，是極有裨益的。如果讀者不想讀嚴肅的學術著作，那麼這本淺白易讀的「小品集」，或許是了解東歐與蘇聯的最佳入門書了。

紐約《時報周刊》民國七五年十月

為智者畫肖像

繼汽車大亨亞科卡傳記大發利市之後，今年又有好幾本相關的著作上市了。王安自傳《教訓》的中英文版本是讀者耳熟能詳的。另外一個汽車家族福特的傳記 ***Ford: The Men and the Machine*** (Little, Brown & the Company) 也登上了暢銷的行列，並由「每月一書」俱樂部 (Book of the Month Club) 正式推出。這是一本厚逾七百七十頁的大書，作者 Robert Lacey 作了非常仔細的調查工夫，從一九八三年起爲本書寫作做了二百次以上的訪問；並參考各地收藏的手稿及過去有關福特家族的各種著述。另外，作者還在書後詳列了一份福特家族的譜系表，使讀者一目了然。與王安及亞科卡的個人自傳相比起來，《福特》這本書不但是個人奮鬥史，同時也是一個大家族的奮鬥軌跡，內容是豐富的多了。

亨利・福特一世生於一八六三年，死於一九四七年，稍早於他的另一位工業界大亨卡內基 (Andrew Carnegie, 1835~1919) —— 以鋼鐵業馳名於世，同時也比亨利・福特享有更大的令譽。福特個人在汽車工業上的聲譽是歷久不墜，但他在獨攬公司股權以及與汽車工人的鬥爭中，卻留下許多污點。但卡內基卻及早抽身出他的事業，將後半生奉獻給社會公益事業。他所支助的事業主要包括圖書館、音樂廳、公衆教育設施及國際和平工作。卡內基基金會以促進國際和平及高等教育知名，卡內基音樂廳則成爲紐約市的音樂標竿，雖已屆百年，但仍繼續著音樂的服務。今年多，卡內基音樂廳正舉行大規模的整修工程，明年初將以嶄新面貌出現。正在此時，一本早期出版的《**卡內基自傳**》(*The Autobiography of Andrew Carnegie*) (1920) 也由西北大學出版社重新出版了，對於讀者而言，這自是一項好消息，因爲這不只是發跡史的回顧，同時也是「美國之夢」的另一深思。

在政治人物傳記方面，近年來許多名人傳記紛紛出籠，布里辛斯基、海格、尼克森等的白宮歲月都吸引了許多讀者。最近史托克曼對雷根革命失敗的批評也出了大名。

但是，更具歷史價值的傳記卻是幾本前任總統的故事。艾森豪總統的孫子 David Eisenhower 寫的《**戰時的艾森豪（一九四三～四五）**》(Random House) 是一本近千頁的大部頭書，對艾森豪在戰時的功過做了許多正面的評價，並否認一部份史家所說：由於艾森豪在收復西歐戰場上的遲滯，導致東歐赤化的說法。關於這本書的評價，以研究美國共產黨馳名的史學家 Theodore Draper 在《紐約書評》上分別寫了三篇長文討論，範圍廣及戰時美國與西歐盟邦及蘇聯的關係，是研究外交史、美國史與國際政治的好材料。

談起戰時與戰後的美國政治——杜魯門總統一直是傳統的熱門題材。這位以平民作風而享有崇高地位的總統，雖然對國府並不友善，而且在當年競選時意外的贏了支持國府的強敵杜威議員（共和黨），但是杜魯門在美國歷任四十餘位總統中，卻是少見的頗孚衆望。在一九四五年中的一項蓋勒普測驗中，支持他的民衆比率竟高達百分之八十七，不但現在的雷根望塵莫及，當年的羅斯福也難有這樣大的魅力。

但是杜魯門卻絕不是一個有強烈個人魅力的總統，他完全沒有雷根的表演及演說才華，他的中西部（米蘇里）口音濃重，眼睛則近視嚴重，看稿子演講時常會遺漏而形成斷續。但是他誠懇而平實的作風，卻贏得了當年的美國民心和今天許多美國人的懷念。最近出版的三本傳記都在探討他的事蹟，其中 Richard Lawrence Miller 的 ***Truman:The Rise to Power*** (Mcgraw-Hill) 的重點是杜魯門在白宮以前的歲月，並對他做了一些批評。作者認爲杜氏在一九二六年參與地方政治時曾陷入一些不法的活動，但他也強調，杜魯門當時的動機與其他地方政客不同，他的動機良好，而且惟有他親歷其間，才能贏得選舉並進行改革。雖然作者提出了這麼多的「但書」，但這已是目前對杜魯門少見的批評了。

另外兩本是 Roy Jankins 寫的《**杜魯門**》（*Truman*）(Harper & Row 出版）和

Margaret Truman 寫的《**杜魯門夫人**》(*Bess W. Truman*)(Macmillian 出版)。前者寫的是杜氏當總統時遇到的難題和解決的方式，後者則記載了與他性格截然不同的杜夫人。杜魯門以謙恭、情感洋溢與雅好知識見長，他太太卻以傲慢、現實冷峻與知識貧乏著稱。這兩本書不僅可使讀者看到一對有趣的總統夫婦，更會使我們聯想起當前白宮內爭中總統夫妻的性格以及南茜・雷根的指揮慾。

關於政治人物的另一本重要傳記，是兩位年輕新聞記者 Walter Isaacson(《時代周刊》資深編輯)和 Evan Thomas(《新聞周刊》華府分處主任)近撰的《**六位智者**》(***The Wise Men: Six Friends and the World they Made,*** NY: Simons & Schuster)，這又是一本逾八百五十頁的大書，主角是在一九四〇至六〇年代末影響美國政治的六位大人物：韓戰時的國務卿艾奇遜(Dean Acheson)、長期的總統特使與駐蘇大使哈里曼(W. Averell Hariman)、外交家肯楠(George F. Kennan)、駐蘇大使波爾蘭(Charles Bohlen)、國防部長羅威特(Robert Lovett)和世界銀行總裁麥考雷(John J. McLloy)。這部書選擇這六位同時代的政治家做為主題的目的，是檢討在政黨政治與政府領導人個人因素之外，眞正影響美國政治最為深遠的權勢集團(The American Establishment)的共同特色。而這六位政治家不僅學歷、背景相似(俱出身東岸名校)，長期爲友，而且許多政見立場相近。這本書一方面可被視爲六位政治家的傳記，另一方面也檢討了戰後二十年的美國重要外交決策，對了解冷戰以來外交決策的過程，極富啓發性。

上述六位政治家多以美蘇關係爲外交政策的考量重點，如果我們將時間與地理位置拉寬，則當今的美日關係無寧是另一重要的外交課題。在美日關係上扮演最積極角色的一位學者外交家，當代則恐非賴謝和（Edwin O. Reischauer）莫屬，賴氏的自傳 ***My Life Between Japan and America***，最近由 Harper & Row 出版，可能是繼費正清自傳後最重要的一本同類型著作。《華盛頓郵報》說這本書不但是「成功的故事，也是傑出的知識性挑戰」，對讀者的裨益，「可以與任何當前的傳記相比」，恐非過譽之詞。凡是讀過賴氏所著《日本人》等書的讀者，對這本傳記一定會感到興趣。

最後，我們應該介紹幾本有關傳記的辭書。Alan Bullock & R. B. Woodings 合編的《**廿世紀的文化——傳記合輯**》（Harper & Row, 1983），逾八百五十頁，內容非常豐富，資料性也很完備。同類的辭書還有 Justin Wintle 的《**當代文化的塑造者**》（*Maker of Modern Culture,* NY: Facts on File Inc. 1981），這本書列了五百三十九個名人錄，篇幅也是超過五百頁。

另外更豐富的一本是麻州 Merriam-Webster 出版社出版的《**韋氏新傳記辭典**》，厚逾一千一百頁，雖然這部書的選目最多，但內容並不及前兩本詳細，適合做初次使用或急用時參考。如果希望有較詳細的背景資料，必須找百科全書或其他的工具書。

紐約《時報周刊》民國七六年一月

「中國研究」五十年

——韋慕庭教授訪問錄

近二三十年來，海內外對近代與當代中國的研究蓬勃發展，傳統的漢學領域已逐漸擴展爲涵容開闊的「中國研究」，舉凡史學、哲學、思想史及各類社會科學的觀點與方法，都被廣泛引用與印證到中國事務與論題上。其中，近代與現代史研究的發掘與拓展，爲一極根本而重要的工作。近年來臺灣、香港、美國、歐洲、日本等地的學術界，對中國近代史研究掀起熱潮，正足以反映對此一領域的重視。而在衆多時賢碩彥中，哥倫比亞大學的退休講座教授韋慕庭先生（C. Martin Wilbur），允爲最受推崇的學者之一。

韋慕庭教授，一九三一年畢業於 Oberlin College，旋入哥倫比亞大學，專攻中國歷史，獲史學博士。韋教授自一九三二年起，就多次在中國大陸及臺灣等地做研究工作。在著作方面，韋教授可謂等身，包括專書八册，論文五十餘篇，書評七十篇以上。其中如早期的

《漢代奴隸制度》(*Slavery in China during the Former Han Dynasty 206 B.C.～A.D. 25*)，及近期的《孫中山傳》(*Sun Yat-Sen: Frustrated Patriot*)等書，均屬西方學界罕見的鉅著。尤以對早期民國史、革命人物與中國共產黨起源的研究，可稱當代中國研究之巨擘。韋教授任教哥大近四十年，其間並曾任該校東西研究所長六年，主持哥大口述中國歷史計劃，對中國現代史研究之倡導，居功厥偉。由於他的學術成就與卓越貢獻，一九七一到七二年被推選爲美國亞洲學會會長。

韋教授於一九七六年自哥大退休，其門生同道特出版專書 *Perspectives on a Changing China: Essays in Honor of Professor Martin Wilbur on the Occasion of His Retirement*，以表崇敬。近年來，他仍不倦於研究，每周均參加哥大的演講會與討論會，對中國問題的關心，數十年如一日，未嘗稍歇。

一九八二年春，筆者在哥大東亞研究所拜訪了這位慈祥仁厚的長者，晤談多時，就其平生、學術志業，多所請益，歸後並參酌論述著作，草成此文，謹供有志中國研究的前輩同道參考，並向韋教授的學養風範，敬表崇仰之忱。

問：韋教授，從早期對漢代的研究到後來對現代史的專注，您是否可談談興趣移轉的原因？同時，請您就從事「中國研究」的志趣與過程，做一概述。

答：我與中國的關係是很密切的。我在美國出生，卻在中國長大，大學時才回美國就讀。畢業那一年，曾經有三個願望擺在眼前，一是從事心理學研究，一是從事新聞工作，另一則是研究中國史，但幾經考慮，最後我選擇到哥大唸中國史，這是一九三一年的事了。當時，漢學研究範圍很小，多是研究古典中國，人數和學校也很少。一九三二年，我回到中國學語文、找資料，當時也在北京做研究的，還有 Herrlee G. Creel、John K. Fairbank、Derk Bodde、Edgar Snow 等人。兩年後，我回到哥大，提出有關漢代奴隸制的博士論文後，開始在華盛頓的自然歷史博物館研究中國的考古學。二次大戰爆發後，又一度參與美國政府的工作，由於當時美國對現代中國的知識十分貧乏，我才將研究方向轉移到中國近代史上面。

問：當時美國各大學有關漢學研究的情況，請您介紹一下。

答：當時（一九三一）的研究風氣還是非常貧弱的，在美國的各大學裏，只有 Columbia、Harvard 和 Berkerley 等三校有中國方面的博士課程，培養的人也很有限，大概一年平均只有一位博士畢業。至於一般中文課，班上通常也不到十個學生。漢學研究與中國研究的風氣，要到二次大戰結束後，才逐漸開展起來。

問：那麼當時（大戰以前）研究的主題偏向於那方面呢？

答：主要在古代史、語文、文學、考據和人類學等方面。至於期刊雜誌，主要只有一份 *Journal of the American Oriental Society*，也是以傳統的漢學領域為主。後來 *Journal of Asian Studies* 崛起，研究題材就廣泛得多了。

至於當時主要的研究者，如 Arthur W. Hummel 對清代思想、王際眞先生對中國文學、何廉先生對中國經濟，都可說是少數的開創者。

問：談到您自己的研究興趣，是什麼原因使您從事民國早期階段的研究呢？

答：由於中共的崛起與中國大陸的赤化，使我對中共發展的背景頗感興趣，我編撰的兩本資料文件選輯：*Chinese Sources on the History of the Chinese Communist Movement* 和 *Documents on Communism, Nationalism and Soviet Advisors in China 1918~1927*，以及陳公博的 *The Communist Movement in China; An Essay Written in 1924*，都是為了幫助西方學界對這段歷史有較深入的了解。另外，我對 孫中山先生的革命經歷和策略的改變，也深感興趣，這又促成了後來撰述《孫中山傳》及有關聯俄容共方面的研究了。提到陳公博這本著作還有一段有趣的掌故。這本書是陳公博一九二四年在哥大的碩士論文，附錄裏搜集了六份早期中共的原始文件。二十多年前，哥大東亞圖書館的一位管理員 Howard Linton 告訴我他發現了這本書，要我看看，經檢證結果，發覺書中這六份文件，中共已經遺失，大半僅留其中兩件，因此本書自然特別珍貴了。但是其餘四份文件都是孤本，經過仔細研究其眞實性後，我們就把這本書列入哥大東亞叢書出版，在一九六〇年和一九六二年先後印行過兩次。

很巧的是，一九七八年有一位蘇聯的漢學家 Professor Vladimir Glunin 來美訪問，與我談起這段事情，他說蘇聯方面也保存了這些原始文獻，可以證明陳公博書中的文件都是眞實的，因此這本書重印的價値更能肯定了。

問：談到您的另一本書《孫中山傳》，我們知道，對 孫中山先生的研究，由於長期在外國奔走，而革命過程又艱難困頓，因此史料搜羅頗爲不易，但您的《孫中山傳》卻突破了許多困難，成爲這方面罕見的佳構，請問當初研究的動機是什麼？

答：我想在所有近代中國的領袖中， 孫中山可能是最受中國人普遍尊敬的一位。他畢生專注於一項單一的目標——改革中國的政治，改革是 孫中山一生的抱負，他使用不同的方法來追尋這項目標的完成。但是，在有關 孫中山的研究中，有許多題旨並未被充分了解，而我的研究則是著重在形成 孫中山政治人格的重要因素，以及使其政治生活遭受挫折的重要線索，包括他不斷尋求外援以幫助中國革命的完成、他的海外活動、聯俄策略等等，全書的重點放在他後期的革命經歷上。

問：孫中山先生一生奮鬥的目標，無疑是環繞在他的重要學說——三民主義上的。誠如他自己所說，他的學說是中國傳統、西方學術以及他個人獨創的三者融滙，其中民生主義與民權主義，尤與歐洲民主社會主義有許多相類之處。關於他在思想上傾向民主社會主義的原因，固然所受西化教育與考察歐美政制有關。晚近研究 孫中山先生政治人格的學者中，有些人也指出，這與他童年親歷貧困的生活，並且目睹中國的積弱不振，甚爲相關，對於此點，您有何看法？

答：從早期社會化（socialization）過程來研究政治人物的成長背景，是很具說服力的。孫中山的傾向民主社會主義，與他早年的經歷自然甚爲相關。但他一生所受的外來影響甚爲複雜，少年時在檀香山受教育，又赴香港習西醫，以後又爲革命奔走日本、美國、西歐、南洋各地，自然受到許許多多來源的影響，所以如果要解釋何者影響較大，就很難有定論了。

問：孫先生雖然受到歐洲的國家社會主義與民主社會主義的影響，但從他的著述與言論看來，對共產主義基本上是持否定態度的，他稱馬克斯是社會病理家而非社會生理家，並且提倡互助論以否定階級鬥爭，都足以證明此點。從這個觀點看來，您對他的聯俄容共政策作怎樣的解釋？

答：孫中山的聯俄容共是我多年來關心的問題。這要從他的革命策略長期以來尋求外援這點來說明。

孫中山不停的環遊世界，主要目的在尋求外援，但大多失望。民國成立後，他的革命活動不斷受到頓挫，因此更希望得到列強的協助。一九二〇年四月，他曾在上海接見美國摩根財團代表，希望美國能支援實業計劃的鐵路建設（他的實業計劃英文譯名是 The International Development of China），但並未成功。民國十年，他在廣州成立中華民國政府，也未獲得美國承認。此外，他曾派人赴德接洽，但也未果。至於其他列強，諸如日本與英國的對外侵略，則使他有所警惕。因此，當第三國際與他接觸後，終有聯俄容共的考慮了。

關於聯俄容共的細節，我的書中有較詳盡的討論。可以肯定的是，孫中山在策略與觀念上，與蘇俄方面有很大的出入，而當時國民黨內對於中共份子的滲透也有許多爭執與衝突，尤以一九二四年張繼、謝持等人提出對共黨的彈劾案，可說已演變至一高潮，由此觀之，一九二七年的清黨是早有潛在的原因了。

根據鄒魯回憶錄，我們就可了解，當時 孫中山與蘇聯顧問包羅廷之間存在著很大的歧見，孫先生不贊成階級鬥爭和工農革命，尤其反對激烈的鬥爭路線，所以如果 孫中山仍然在世，容共政策的繼續發展，是頗有問題的。總之， 孫中山基本上對共產主義是持懷疑態度的。我在《劍橋中國史》第十二卷上有一章談到社會革命與民族革命的內在衝突，就是討論北伐前後有關國共之爭的一些問題。

問：您對 孫中山先生在辛亥革命中扮演的角色，有何看法？其地位如何？

答：基本上，我同意辛亥革命成功因素是多元的解釋。維新派、會黨、新軍、各地的諮議局與地方士紳，以及革命黨本身都頗具功勞，但 孫中山在其中極具關鍵地位，我同意史扶鄰（Harold Z. Schiffrin）教授的觀點， 孫中山對革命的最大貢獻，是他的樂觀主義（optimism），當其他革命同志對革命絕望之際，他仍努力不懈的在海外奔走，運動列強保持中立或予以協助，並且不斷向華僑募款，籌措經費，可說居功實偉。所以當一九一一年十月十三日，美國《紐約時報》刊載有關「武漢起義」來訊時，曾有云：「反滿領袖孫逸仙博士，若計劃未失敗，將被選爲總統。」所以， 孫先生被視爲革命「公認的主要倡導者」（Undoubtedly its Prime Mover），實非偶然。

問：最後我們想請教您對　孫中山先生政治發展三階段（軍政、訓政、憲政）的看法，有人認爲此三階段提供了開發中國家政治發展的參考，而臺灣成功的發展經驗尤足以做爲一個範例。但另外也有一種見解，認爲在實行程序上，三階段有困難，從近代史上的經驗，您基本上抱何看法？

答：孫中山後期提出軍政、訓政、憲政的說法，是基於革命所受的種種挫折和軍閥的盤據而提出的。基本上，這是考慮到環境的限制而設計的策略。諸如由各省各縣實行地方自治，藉著民衆教育，啓迪民智，練習會議規範等逐步做起，經歷軍人統治、政黨訓政到最後行憲還政於民，的確有一套實行的程序，這可看出　孫中山改革中國政治的用心良苦。

但是，民主政治發展的道途，實在很艱難險阻。以日本爲例，今天的成功，是結合著經濟社會的發展、法治教育的落實，以及民主政治文化的健全等因素才建立起來的，而從日本史裏去觀察，這些因素都有百年以上的根源。因此，今天中國知識份子要談法治社會的樹立、民主政治的穩固發展，必須考慮到這諸多因素，才能使它實現，這也是今天中國人從近代史的經驗中所應有的一項體認，民主的建設是需要長遠努力的。希望中國

朋友們能受到　孫中山先生奮鬥精神的啓發，不懈的做下去。

《中國時報》民國七一年十一月十二日

海內外中國知識份子的共同困局

——從《中國論壇》徵文談起

引言

今年暑期間，在友人的鼓勵下，我從海外寄回了一篇文字：〈國是靜思——從比較觀點看中華民國的發展〉，參加《中國論壇》慶祝臺灣光復四十年的徵文競賽。從競賽的結果看來，獲得評審先生垂青者都是與我年輩相仿的一些同道們。我們有著相近的成長與學習背景，對於臺灣發展的成就與國民黨的貢獻也有著基本的肯定，但面對臺灣與中國前途的可能變局，卻存有幾許憂心和愁緒。因而，在肯定過去的成就之餘，我們（至少我自己是如此）以比較含蓄、溫和的筆法，表達了對中國前途與當前時局的不同看法。但是，由於個人學力、經歷與外在環境上的種種限制，這些意見的表達並未引起重視，尤其從徵文揭曉時的評審記實（見《中國論壇》第二四〇期）看來，不少評審先生還坦率誠懇的表達了他們對這次競賽的失望。個人忝爲得獎者之一，又在海外進修多年，並長期爲《中國論壇》的作者，願意藉這次比賽的經驗爲題，從比較與分析的角度，談談中國知識份子（尤其是發意見的政論作者們）當前在海外與國內所面臨的共同困局及可能的出路。應強調的是，我的意見只是自己的一愚之思，與其他得獎者並無關係。

一

首先，從一個競賽參與者的角度看來，我願意對評審先生們的「失望」表示敬意，因爲他們的確希望能透過這次論文賽，發掘出一些睿見，藉以思考與解決臺灣當前的發展難題，並對國家的長期發展，作深刻的透視或展望，但是競賽的結果卻很不如意。從我個人的立場，則尤其要感謝業師胡佛先生的評語，他指出我的與賽文章內容雜亂，對國家發展的意見有「打高空」之嫌。這些過失，是我自己必須虛心檢討的。這些評語，對於一個參與競賽者而言，自然有莫大的助益。但是我覺得在說出這些自省與期許的話之外，還應該再將這次整個論文賽所以未能成功的理由，作一些個人角度的分析，並指出當前知識份子在討論國是時的共同難題。

二

在我撰寫〈國是靜思〉這篇競賽文字的一年多前，曾經花費了三個月的時間，先寫了九篇相關的文字（近四萬言），分別就中華民國的政黨體系、五權體制、地方自治、統一與外交問題、經濟發展的策略、行政與文言改革、工業民主與社會福利、教育改革及文化發展，作逐項的比較性分析。我的主要觀點是，過去三十年來，由於對美國政治、經濟與文化資源的依賴，使得我們的世界觀與知識視野，受到了非常嚴重的拘限；也使得我們對於許多國際間的重要發展經驗，缺乏了解參考、思辨與學習的能力。這種文化與知識視野上的格局，是我們當前思考國家未來發展前景時的重要障礙。我自己雖然是留美多年的學子，但深知只學美國一國經驗的拘限。因此在這一系列文字中，試圖從日本的一黨獨大制，北歐、西歐的監察長（Ombudsman）制，歐美各國的創制權，美國的地方自治與工會運動經驗，南斯拉夫、秘魯、西德與瑞典的工業民主制，以及北歐的福利思潮等參考角度，探索中山先生的立國理想與中華民國未來政治、經濟與行政改革上的可能參考方向。同時，我也就東、西德及南、北韓的和談經驗及中國近代史上的一些教訓，探討了敏感的統一、獨立與外交問題。

此外，在教育與文化的發展上，則從西歐、日本的教育與學術發展經驗和德國法蘭克福學派、南美依賴理論等重要學術思潮的成就與經驗，探索臺灣知識文化界的發展困局。對於上述各項豐富的學術與知識課題，我雖然並無全部第一手（從原文入手的）研究經驗，但由於學校課業的要求與知識專業上的興趣，基本的認識是具備的。因此，我希望從一綜合的參考角度，對中華民國的發展遠景與當前面臨的課題，提出一隅之見。

三

但是，在實際執筆寫這一篇與賽文字時，困難卻發生了。首先，是尺度的問題，究竟什麼「該」談，什麼「不該」談。講明白些，是什麼樣的禁忌可以觸犯的問題。由於這一系列的準備文字是在海外撰寫，尺度較寬。但參與《中國論壇》與《聯合報》的徵文，情況卻完全不相同。而身爲一個愛中華民國的知識從業員，我必須以最謹慎的態度面對這一問題。這不僅是知識份子是否膽小怕事的問題，它還牽涉到《中國論壇》本身的宗旨與形象。事實上，大部份經常爲文執筆的作者，在考慮到投稿對象與尺度問題時，對這一層面的敏感都不會覺得陌生。我自己並不是激進主義者，也從不主張一夕之間謀求激烈的改革或革命，因此，在這一層面上的顧慮當然也是免不了的。而從最後的結果看來，許多評審者指出，與賽的各篇文字「論點沒有突破」，也正反映了論文執筆者在這層面上的共同難題。

四

其次，是知識處理上的問題，由於多年來以美國經驗爲主要參考資源造成的限制，臺灣的文化與知識界在探討一些「非美」文化與經驗時，卻必須先做一些基本的介紹工作。我平日對海峽兩岸與海外的中文報章與言論頗爲注意，特別能了解到上述的限制。因此，在寫完近四萬字的一系列專文後，要想再「縮寫」成一篇單獨的文字，就覺得力不從心了。這一方面固然是自己駕馭文字的能力不足，但另一方面，字數的限制也的確是一事實。因爲，如果不能將自己所想介紹的外國經驗做一分析與檢討的話，所謂的「比較觀點」就沒有眞正根基了。這層困難，是許多從事比較研究的社會科學工作者多能體會的。但是，由於當前臺灣政論性與知識性刊物在篇幅上的限制，這層困局也許還一時不易突破。

但是，眞正的重大難題卻還在另外一層，即我們對改革意見的期待問題。從評審先生們的發言記錄看來，似乎希望藉著這一比賽的龐大題旨（「臺灣光復四十年看中國前途」），以一萬字左右的篇幅，爲國家未來發展方向找出一條全盤的明針來。退一步說，他們至少也希望，其中能出現一些突破性的改革意見。但是大部份的作者（包括筆者在內），都未能提出成功的範例，也許，正如楊國樞先生所說：「這次徵文是『從爛蘋果中挑出比較好的』」，這固然是評審們的無奈，或許也可說是與賽者與我本人的失敗，只是，其中有些關鍵問題還值得我們做進一步的思量。

五

首先，是以《中國論壇》的溫和改革形象爲標榜，究竟可以期待何種程度的改革的問題。楊國樞先生曾在評審會上指出（見二四〇期十二頁），與賽文章看起來通通是「三民主義統一中國」喊口號似的作品，因此他主張一、二名均從缺。（關於名次的安排，我覺得評審先生們有關第一名從缺的決定是代表了一種負責的態度。）但是我不認爲，以知識、自由與溫和、改革取勝的《中國論壇》論文比賽，可以允許超越「國策範圍」的作品出現。這一層無奈，說明我們的言論自由空間雖然是具備的，但也是頗受限制的。因此，在三民主義的國策結構下談改革，談如何實現我們尚未實現的「國策理想」，乃是與賽者內心必然有的

「自我期待」。以我自己在文中所強調的改革方向而言，其中包括政黨體系的建立、全民福利制度的實施、工業民主的逐步推行乃至省縣自治通則的立法頒行等課題，雖然都是「三民主義統一中國」的內涵，但無可諱言，離全面實施之日卻仍甚爲遙遠。而且這些內涵，正是許多喊口號者從來不願提的。從政策效果的角度看來，具體實踐這些內涵，就正是臺灣政治、經濟與社會發展上的重大突破，至於沿用什麼樣的口號與意理（意識型態）措詞去解釋它，卻只是餘事而已。

六

其次，是海內外知識份子對《中國論壇》的形象及立場的認定問題。在這次與賽的文章當中，根據評審們所述，大部份都是「自律甚嚴」的作品。《中國論壇》二四〇期的社論也指出，徵文結果未達理想，原因之一，可能是「討論中國前途，很難不涉及統一大業的問題，而在這個問題上又易觸犯禁忌，使知識份子不能暢所欲言」，這一層顧忌，的確是存在的。但我還想進一步舉一個例子印證。

在當前西方學界發展研究最重要的「依賴理論」中，許多傑出的理論家，如歐多諾

(Guillermo A. O'Donnell)和卡多索（Fernando Henrique Cardoso）等人，都是南美地區的學術重鎮，歐氏在阿根廷、卡氏在巴西，均頗富盛譽（歐氏還擔任過國際政治學會的副會長）。雖然阿根廷和巴西都是以反共與國家安全至上而著稱的國家，而且最近兩國均已恢復民主，但是若要將各該國流通的重要知識性著作，包括卡氏與歐氏的幾本名著作予以中文全譯的話，我想在臺灣的譯者、編者及出版家一定會感到實際的壓力與困難。這不但顯示了國情的不同，也說明了舉世之間，同樣是反共的國家，但因文化傳統、民主經驗與社會結構的歧異，言論的尺度與空間仍然頗有差距。但是，對於一個肯定理性與民主、珍惜人身自由及堅持反共與愛國立場的知識份子而言，在當前的言論自由空間裏運作，乃是僅有的選擇方向。這樣的苦心與立場，是應該獲得體諒與尊重的。基於此，我覺得要想憑空突破《中國論壇》與《聯合報》的言論自由空間而發言，實有損同情與了解的立場。

七

但是，進一步我還要指出，在當前的言論自由空間裏，我們仍然有許多游刃的餘地，也還有許多重要的事待做。以比較性、國際性的眼光，參酌他國的發展經驗，並觀察其他民族社會裏的國家、社會與知識份子間的關係，就是重要的課題之一。在下面的討論裡，我將轉移討論的方向，就國際學界當前的發展成果，檢討下列兩個問題：

第一、臺灣知識界如何尋求自主的發展。

第二、那些知識資源有助於我們分析當前國家局勢與未來發展的問題。

通過對這些問題的分析，讀者就不難了解討論《中國論壇》論文賽提出的大問題，若欲尋求突破，需要怎樣的知識基礎、世界觀和自由空間了。

首先，在中國知識與學術界的發展上，如果我們期望自己在二、三十年（或者更久）之後，也能像今日的日本、拉丁美洲與西歐學界一般，以具體、深入而豐碩的知識成果影響國際學界，並進而與中樞的美國學界進行相互批判與對話的話，那麼我們就必須從現在開始，就中國近代學術發展史的角度檢討自己的學術文化的發展歷程。並透過國際性的比較角度，檢討各個知識領域上的成就、缺失及空白的問題。舉例來說，在漢學及中國學的領域裏，我們至少應想辦法將日本學者對中國宗教、社會與經濟史的研究成果引介進來，並積極努力累積起自己的研究成果。在歐美漢學界裏，荷蘭萊登大學的漢學研究、美國哈佛大學的近代史及中國思想研究、哥倫比亞大學的宋明儒學研究及密西根大學的中共研究等，均早富盛名，也值得我們進行系統化的評估工作。就是連最近幾年間美國學界中新興的臺灣研究，以及日本學者早已進行的臺灣史研究，也都值得我們密切注意，並積極與其進行接觸對話，則下一步的工作──使臺灣成為國際漢學、中國學及臺灣研究中心的任務，才會有眞正落實的基礎。

八

在人文與社會科學的主導理論及研究成果方面，由於臺灣學界的基礎較弱，基本上不易立即擺脫引介西方理論加以初步應用的格局，而且必須仰賴曾受西方訓練的學者們的引導，依賴性的命運自然不易避免。但是如果我們能做選擇性的吸收，並且儘量結合本國的歷史經驗，未嘗不可對這些知識成果做一些批判或修正的工作。

舉例來說，目前研究拉丁美洲與比較發展學的專家們，對中華民國臺灣及其他東亞新興工業國的發展極感興趣，他們最想解答的問題之一是：中華民國、南韓與新加坡等國，究竟是不是依賴理論解釋上的「異類例子」（deviant cases）？這幾個地區中的國家（state）與社會間的關係及其政權性質究竟如何？是否可以沿用拉丁美洲的「官僚－威權主義」（bureaucratic-authoritarianism）模式加以解釋？最近著名的政治學者杭廷頓（S. P.

Huntington）在檢討全球的民主展望時，也特別指出，幾個東亞新興工業國家在民主進展上的障碍，很可能是由於儒家文化的政治拘限所造成的。他進而指出，在全球穩定的民主國家中，幾乎清一色都是屬於基督教文化系統。至於非基督文化的幾個穩定的民主國家，若不是曾長期受英國的殖民統治（如印度），就是在美國監督下建立起民主（如日本）。在文化因素與民主政體的因果關係上，杭廷頓更直率的指出，儒家與伊斯蘭教等文化系統中的「極致」（consummatory）性格，很可能阻碍了民主體制的發展。在儒家的政治文化中，獨立於國家之外的社會個體，基本上是受敵視的，而且在儒家的觀念上，總認爲文化是整體的，除非牽動整體，否則個別部份將無法改變，因而容易走向整體主義或集體主義。但是相對於這種「極致」性格的文化，西方文化卻顯現了非常大的「工具」（instrumental）性格，亦即相對於或獨立於極致性的目標（ultimate ends）之外，還容許許多中介性的目標（intermediate ends）存在，因而極致性的目標並不會對個別的具體行動進行干涉，基於此，獨立於國家的「終極目標」之外的中介性社會團體，也就獲得了相對的保障。

九

或許有人認為杭廷頓的分析夾雜了文化與民族中心主義的偏見，但是從經驗的層面上，我們卻不得不承認他所指出的文化因素與民主發展之間的對應關係。從此一角度看來，單單僅從社會——經濟指標來論證政治發展必然是受拘限的，將民主的前景寄望於經濟發展或中產階級（或中智階層）的成長，以及將多元主義（pluralism）做過度的應用，恐怕都有其嚴重的蔽障。（事實上，當年提倡多元政體與多元主義最力的 R. Dahl 等人，近年來已經對其早年理論做了許多重大的修正。）而從上述比較與分析的角度看來，我們今後在引用西方政治學、社會學、經濟學及文化與發展理論，以思考中國問題時，至少應該尋思下列的問題：

一、從傳統層面檢討，儒家政治文化中的「聖王」與「德治」理想，是不是一種過份高遠的極致性目標？從個人的修身齊家，一下子跳躍到社會性、政治性的治國平天下，是否造成了某種程度的斷層？是否因而阻滯了中介性的社會團體、相對於國家而自主的可能？這種極致型的政治文化，從性善論和工夫論出發，將治國的理想寄託於少數「聖賢」，而未能正視與解決「絕對權力造成絕對腐化」的人性幽暗面的事實，是否就正是中國長期以來陷於專制帝統的重要成因？而是不是同樣的基於類似的傳統與文化因素，造成了近代史上的種種權力、權威與繼承危機，並構成當今民主發展上的阻碍？

二、**從比較發展經驗的角度檢討**，爲何同屬東亞文化圈的日本，能發展出穩定而持久的民主政體：是因爲美國的託管經驗？是因爲先進的經濟發展成果？是因爲傳統的階級結構？還是因爲神道教的傳統？同樣的，在比較第三世界的發展時，我們也可以類似的態度，探討拉丁美洲再民主化的經驗：究竟是什麼樣的文化與社會力量和外在環境因素，造成拉丁美洲逐漸走回民主之路？是因爲威權政體施政的劣績？是因爲龐大的工運、學運與教會的力量？是因爲經濟發展的停滯和巨額的外債？還是因爲戰爭的失敗（如阿根廷福克蘭島戰役）、國際的壓力或鄰國民主化氣氛的感染？

十

由於篇幅所限，其他相關的問題不在此列舉。但是通過對上列問題的仔細思考，至少研究第三世界發展問題的學者，研究歐美民主、選舉與政黨問題的專家，研究政治、經濟與社會發展關係的社會科學專家，研究　中山先生學說的學者，以及日本專家、南美專家與新儒家學者們，都可以會聚在一起，共同考慮一系列屬於我們當代與未來發展的重要課題。而通過許多類似這樣課題的研究、對話與反省，我們的確有可能對歐多諾、卡多索、杭廷頓、道爾等學者和韋伯等大師的重要論證，提出印證、修訂或否定的知識成績來。至於對東亞研究學界而言，更會產生立即而具體的影響，使他們對臺灣知識界另眼相看。在這樣的基礎上，去面對西方和國際學界，就絕不是片面的翻譯、移殖或簡單的應用、吸收了。而學術自主與獨立發展的期待，也就得以建立起眞正的基礎。

十一

當然，上述的課題雖然龐大，卻只是中國知識界在當前環境下可以努力的標的之一，其他的課題在此不再多引。但我願意以一個小例子印證當前中西學術在發展上的差異。

在歐美社會中，長期以來一直有一批特殊的民族羣——猶太人，支持著重大的學術與文化發展。猶太人涵蓋的學術與事業領域極廣，從自然與應用科學到人文與社會研究，從金融事業到電影藝術，幾乎無所不包。猶太裔獲得諾貝爾獎的人數以及在歐美樂壇、藝壇享富盛名的人數，也遠在華人或華裔之上。而與中國人關係最大的卻是，在歐美的中國學與漢學研究中，猶太人也掌握了鉅大的勢力，甚至有超乎華裔學者之勢。（至於蘇聯研究、西歐、東歐研究等，猶太人的成就亦無不傑出，中國學者卻完全無法比擬。）可是，與猶太人的中國研究相比，中國學術界中的猶太研究，卻非常薄弱，或許說才剛剛開始萌芽。這樣明顯的差距和對比，正顯示了中國學術圈與猶太學術圈在成就上的重大差異。固然，兩個民族的國際視野、歷史傳統與文化素質都不相同，但我們卻不要忘了當今全球的猶太人總數不過是一千三百餘萬（一九八〇年統計），比臺灣地區的人口還要少得多。基於這樣的對比，我們當前的拘限實在是非常明顯的。在東亞的經濟競爭力已逐漸超越西歐的今天，我們應該提高自己的胸襟與抱負，至少期待二、三十年後，我們也能以具體的學術與文化成果，向西歐、向南美、向日本競賽。到那時，再談中國文化的浩浩蕩蕩，再掛起「文化大國」的巨旗，就不會覺得汗顏了。

十二

最近幾年來，個人因為在海外研究西方政治文化與體制及中國問題的關係，對中國大陸學界中傳播西學的歷程，頗爲注意。大陸派出的訪問學者，也時有接觸。在學術性的溝通中，深爲中國大陸的知識封閉和政權壓制而感覺痛心，也爲許多中國知識份子身上潛伏的文化沙文主義陰影而感到驚愕。有些在美國訪問的大陸學者，由於經常在各著名大學或學術團體間進行接觸與活動，深知美國學界對大陸內部的發展實況極感興趣（有時也相當陌生），結果竟以爲只要掌握一些大陸內部的政情、密聞和資料，就可以在美國學界中馳騁自如。於是許多人竟然想以中國大陸的學術標準，以說故事、談秘聞、打空拳的方式，來應付美國學術討論會中學者們的嚴厲詰難或挑戰。這樣類似的情形出現多次以後，整個底細也就掀開了。美國學者也就逐漸清楚認識到，中國大陸學界不但對西方知識的了解極差，對中國近代史、社會史、思想史的認識有限，而且連對當代馬克斯主義及左派思潮的發展竟也是一知半解。欠缺對西方的了解或可不論，但是如果連本身的中國知識及官方的意識型態都缺乏夠格的學術研究，就令人不知所以了。而這種學術落後的窘境最後表現出來的具體事例，就是在美國研究中國問題的華裔學者，回到大陸去教的多半都是西方學術的課程；而成羣的中國留學生千里迢迢到西方去學習的，竟然是中國研究（或中共研究）！

我自己身處這樣的留學浪潮裏，觀察近百年來中國留學生的學習歷程和西學傳播史上的點點滴滴，自是感慨萬千。對中西學術與文化交流史有認識的美國學者們，也深深意識到此一畸型現象。有時討論到此一問題的因解之途，他們紛紛鼓勵我與海外的其他同道友朋，儘可能擴大自己的知識景觀與國際視野，不要只看到當前的美國，還要照顧到近代與古典的西方；不要只看到當代的西方，還要以辯證的眼光看其他第三世界國家的自主努力的經驗。幾經思索，我也覺得，我們的世界觀畢竟不應該再停留於「美國－臺灣」這一組關係上。我們的知識視野再也不能拘限於「邏輯經驗論－結構功能論－現代化論－多元主義論」的架構裡。近年來，海外中國近代史與臺灣研究領域的學者們已經開始逐漸了解到，由於第三世界發展理論與共黨研究所提供的知識成果，從列寧主義黨結構的遺產，從協合主義與「國家－社會」論的分析架構，以及從依賴理論與「威權政權」模式中獲得的經驗知識，都會對我們當前結構與局勢的分析，提供莫大的啓迪和助益，經由這些新的知識系統所進行的分析，將會比「現代化論」等對我們更有效用。這不但說明了國際學界的推陳出新、日日精進，也充分顯示連西方中樞學界的知識份子，都已不敢再陷於西方中心論的格局了。這樣的反省與回饋歷程，是包括我自己在內，每一個曾在美國與西方受訓練的中國知識份子，都應積極進行並痛切思索的。

當然，上列的說明，只是就在當前言論自由空間裡，中國知識份子與知識工作者的困局做了初步的檢討。但是要解決這些問題，並不是與大的外在環境的改善不發生關係的。誠如我在前文中所講，猶太人的成就是令人敬佩的，拉丁美洲學界的崛起也是受人矚目的，但是他們能建立起這些績業的重要前提之一仍是：一個開放與自由的知識環境，以及一個對知識份子予以最大可能的人身保護的政治環境。在中華民國堅守民主陣營的努力中，我們樂見也企盼更大的民主建設成果能生根、茁壯、成長。

十三

繼續，我願意以一組簡單的對映例子說明知識自由、政治民主與國家發展進步的關係。四十餘年前，在納粹的威脅下，一批批德裔知識份子屢經困頓輾轉，逃到英美兩國，其中包括本世紀最偉大的智者之一的愛因斯坦，和當前人文與社會科學界中頗富影響力的一支知識力量——法蘭克福學派。由於近半世紀前美國提供的政治庇護與自由空間，這些德裔知識份子到今天仍然持續的發揮們他的影響力（不管他們仍在世或已逝），並對美國、西歐和世界人類提供著具體的貢獻。

但是，相對的，無論是納粹時代的德國或一九四九年以後的中國大陸，以及短短幾年的麥卡錫時代的美國，卻都爲許多知識份子帶來了痛心疾首的悲慘歲月，這些政客或屠夫們藉集體主義或國家安全之名所進行的肆虐，不但未能將國家帶進長治久安的局面，反而造成了普遍的蕭條與沈寂。文革時的中國大陸，正是這種最可怕的人世悲劇的極致寫照。

基於此，我們有理由相信，中華民國在解決當前困境與瞻望未來的發展問題上，最重要的工作之一仍是，肯定目前民主建設的成就，並進一步大力擴展民主的成果與自由的空間。而知識從業者在這樣的前提下，自然亦應做相應的努力，亟力擴展自己的國際知識與世界觀，並積極參與具體的學術與文化建設工作。根據前文所述，運用更切合臺灣環境的「非美」發展經驗，及突破「現代化論」等知識工具的囿限（但不是否定「現代化」的標的——此處「現代化」是許多發展中國家發展的共同目標，而「現代化論」則是指一九六〇至七〇年代盛行的一種知識理論。）進而對當前局勢做系統的、歷史的與比較的分析，也就能使我們看出過去的拘限，並尋求一個突破的未來了。

上述幾千字的分析，雖然是繞了一個大圈，但或許正可回答讀者與《中國論壇》編者們心中的疑惑：究竟在怎樣的外在政治環境與內在知識基礎上，才能使知識份子對國是的發言，超越情緒性的衝動或保守論政的格局，而產生突破性的進展，產生夠格的政論大作了。

（民國七五年一月撰寫，首次發表）

三民叢刊書目

①邁向已開發國家　孫　震著
②經濟發展啓示錄　于宗先著
③中國文學講話　王更生著
④紅樓夢新解　潘重規著
⑤紅樓夢新辨　潘重規著
⑥自由與權威　周陽山著
⑦勇往直前
・傳播經營札記　石永貴著
⑧細微的一炷香　劉紹銘著
⑨文與情　琦　君著
⑩在我們的時代　周志文著
⑪中央社的故事(上)
・民國二十一年至六十一年　周培敬著
⑫中央社的故事(下)
・民國二十一年至六十一年　周培敬著

⑬梭羅與中國　陳長房著
⑭時代邊緣之聲　龔鵬程著
⑮紅學六十年　潘重規著
⑯解咒與立法　勞思光著
⑰對不起，借過一下　水　晶著
⑱解體分裂的年代　楊　渡著
⑲德國在那裏？(政治、經濟)
・聯邦德國四十年　郭恆鈺、許琳菲等著
⑳德國在那裏？(文化、統一)
・聯邦德國四十年　郭恆鈺、許琳菲等著
㉑浮生九四
・雪林回憶錄　蘇雪林著
㉒海天集　莊信正著
㉓日本式心靈
・文化與社會散論　李永熾著

㉔臺灣文學風貌　李瑞騰著
㉕干儛集　黃翰荻著
㉖作家與作品　謝冰瑩著
㉗冰瑩書信　謝冰瑩著
㉘冰瑩遊記　謝冰瑩著
㉙冰瑩憶往　謝冰瑩著
㉚冰瑩懷舊　謝冰瑩著
㉛與世界文壇對話　鄭樹森著
㉜捉狂下的興嘆　南方朔著
㉝猶記風吹水上鱗
・錢穆與現代中國學術　余英時著
㉞形象與言語
・西方現代藝術評論文集　李明明著
㉟紅學論集　潘重規著
㊱憂鬱與狂熱　孫瑋芒著
㊲黃昏過客　沙究著
㊳帶詩蹺課去　徐望雲著
㊴走出銅像國　龔鵬程著
㊵伴我半世紀的那把琴　鄧昌國著
㊶深層思考與思考深層　劉必榮著
・轉型期國際政治的觀察
㊷瞬間　周志文著
㊸兩岸迷宮遊戲　楊渡著
㊹德國問題與歐洲秩序　彭滂沱著
㊺文學關懷　李瑞騰著
㊻未能忘情　劉紹銘著
㊼發展路上艱難多　孫震著
㊽胡適叢論　周質平著
㊾水與水神
・中國的民俗與人文　王孝廉著
㊿由英雄的人到人的泯滅
・法國當代文學論集　金恆杰著
51 重商主義的窘境　賴建誠著
52 中國文化與現代變遷　余英時著

⑬橡溪雜拾

思果 著

本書爲作者近年來旅美讀書心得、生活觀感。作者人生經歷豐富，觀察入微，涉筆成趣，說理深入淺出。觀世的文章，卻沒有說教的味道，詼諧之文寫來沒有做作的痕跡。有美麗如詩的短文，也有談論科學知識的篇章。適合各階層讀者加以細讀品味。

⑭統一後的德國

郭恆鈺 著

兩德統一不是西德用馬克吃掉東德，也不是聯邦德國版圖的擴大，而是兩個政經體制完全不同的國家及人民的重新整合。本書從這個角度出發，介紹統一後的德國在經濟、政治、法制、教育以及意識型態等多方面所遭遇到的諸多問題。

⑮愛廬談文學

黃永武 著

本書以中國文學詩歌爲主體，爲維護中國文字的正體字而大聲疾呼；爲光揚中國古典詩在現今美學中的價值而細心闡發；對於敦煌新發現的寫卷資料，也用淺顯筆法作應用的示範；對西洋星座起源的追索以及對「圖象批評」的分析，均極具啓發作用。

⑯南十字星座

呂大明 著

人生是一段奔馳的旅程，生命的列車載著你、我向四野茫茫的時空飛奔……當你在生旅中奔馳，請爲這本小書逗留片刻，書中有人間至情、生活的哲思、美的闡釋、文學盤古的足音，有清純如童謠般的吟唱，也有鐫心的異鄉情懷……

㊼重疊的足跡

韓秀　著

因為一份眞摯的愛，對文學，對那塊廣袤的土地，對那些親如手足的人；所以有了理解，有了同情，有了尊敬；那怕是擦身而過，也會留下痕跡，留下感觸。本書作者以親身經驗寫她和十多位作家的交往，為當代中國文學史添加幾頁註脚。

㊽書鄉長短調

黃碧端　著

本書內容包括文學隨筆、新書短評、域外書介三部分。作者藉由理性的角度、感性的筆調，評論了近幾年來出版的一些小說，兼論及文學界的一些人與事，並對中文西譯的困難展現出相當程度的關懷。

㊾愛情・仇恨・政治

・漢姆雷特專論及其他

朱立民　著

本書論及四部莎士比亞悲劇裏的各類問題：如朱麗葉的父親對悲劇發生的責任、奧賽羅黑皮膚的反諷、漢姆雷特內心的衝突、勞倫斯奥立弗如何改編莎劇及柴弗瑞里如何處理漢姆雷特的戀母情結等等。

㊿蝴蝶球傳奇

・眞實與虛構

顏匯增　著

本書所力圖企及的絕非所謂的「魔幻寫實主義」，而是企圖尋找一個眞正屬於「紙上文字世界」的經驗。作者認為唯有從紙上經驗「本身」獲得眞實的感受，才能在諸般迥異於文字世界的世界中，洞見出眞正活生生的東西……

⑥① 文化啓示錄

南方朔 著

目前的臺灣正在走向加速的變革中，相應的是一切變革之後的「文化」改變卻明顯的落後太多。「文化」與現實的落差是作者近年鍥而不舍於「文化」問題的原因，本書則是提供讀者一個思考的空間。

⑥② 日本這個國家

章 陸 著

本書從東、西方及過去、現在、未來等衝擊與演變，綜看日本的萬象。作者以旅日多年的見聞，根據今昔史實，敍述日本的風土習俗、文化源流、天皇制度、政壇人物、社會現象等等，並比較其互爲因果，以期能向國人提供認識日本的一些參考資料。

⑥③ 在沉寂與鼎沸之間

黃碧端 著

本書是作者對當今時事的分析評論集，篇篇都有獨到的見解，觀察入微、議論平實。除了能啓發讀者另一層思考外，亦展現出高度的感性關懷。在紛擾鼎沸的世局中，是一股永不沉寂的清流，值得關心國事的人，同來思考與反省。

⑥④ 民主與兩岸動向

余英時 著

一九八七—九一是海峽兩岸局勢動盪最劇烈的時期，在此關鍵時刻，本書作者以一個「學歷史的人」的觀點，對中國的民主發展及兩岸動向提出一些見解，期望此見解能產生「見往知今」的效用，同時也期待處於此歷史轉折點上的中國人一起省思。

⑥⑤靈魂的按摩

劉紹銘 著

本書作者長年旅居海外，以宏觀的視野、幽默風趣的筆調，對當代中國文學及世界文化現象，加以詮釋及評析。希望讀者藉著本書的「按摩」，不僅能達到滌清思緒，舒筋活骨之效；更能對這個既熟悉又陌生的世界，有著嶄新的認知及體驗。

⑥⑥迎向衆聲

·八〇年代臺灣文化情境觀察

向陽 著

本書是作者在八〇年代期間，面對風起雲湧之臺灣文化現象所作的觀察報告。向陽以其詩人之心、論者之眼，透過對文學、藝術、民俗、語言、史料整理及相關著作的解讀與評析，試圖建構一個「文化臺灣」圖式，彰顯八〇年代臺灣文化的形貌。

⑥⑦蛻變中的臺灣經濟

于宗先 著

由於兩岸解凍、經濟自由化、臺幣升值、金融狂飆等問題的激盪，引發了社會失序、政府無力、人民迷惘的混沌現象。身為此大變局中的一員，本書作者表達了一個知識分子的感受和建言，期待能為這個蛻變的時期留下記錄，並提供解決的途徑。

⑥⑧從現代到當代

鄭樹森 著

五四運動帶給中國現代文學的影響是巨大而深遠的。作者以此為出發點，運用他專業的學識及文化素養，對現今兩岸三地的中國文學和作家，作了深刻的研究和評論，並旁及與西方文學的比較，是一本內容豐富的文化評論集。

⑲ 嚴肅的遊戲
·當代文藝訪談錄

楊錦郁 著

本書共分文學心靈、文學經驗、文學夫妻、電影之美四部分，訪問了白先勇、洛夫、葉維廉等當代著名文學家，暢談創作的心路歷程，是作者從事報導文學多年累積而成的文字結晶，值得您細細品味。

⑳ 甜鹹酸梅

向 明 著

本書是作者在人海中浮沉時所領略體會出的諸般心得和感想：有人間世事的紛擾和關懷，有親情友情的回味和依戀，更有旅途遠行的記憶和心得，反映出生逢亂世一個平凡人的甜鹹酸苦，文字簡鍊流暢，是作者詩筆以外的另一種筆力。

㉑ 楓 香

黃國彬 著

本書題材寬廣，抒情、詠物、敍事、繪景、寫人、說理、議論，都是作者筆鋒所及。讀者在欣賞雄偉磅礡、豪邁奔放的大散文之餘，亦可以讀到短小精悍、幽默輕鬆的雋篇，且看作者如何描寫人情、物理，挫情趣、理趣於筆端。

㉒ 日本深層

齊 濤 著

「日本學」是國際間新興起的一門學科，本書特就政治、外交、國防、經貿、社會等多重層面，詳述剖析近年來發生於日本的重要事件。作者體察時勢、觀察敏銳，研讀此書，將有助我們更深一層了解日本的表裏。

⑬美麗的負荷

封德屏 著

本書是作者從事寫作的文字總集。有少女時代所寫，如詩如歌的雋永小品；更有以求眞存眞的態度詳實記錄而成的報導文字，對象涵蓋作家、影劇圈、藝術家等文藝工作者的訪談記錄。值得有心人一起駐足品賞。

⑭現代文明的隱者

周陽山 著

生爲現代人，身處文明世界，又何能自隱於現代文明？本書內容包括散文、報導文學、音樂、影評、書評等，作者中西學養兼富，體驗靈敏，以悲憫之心關懷社會，以詳贍分析品評文藝，是學術研究外，結合專業知識與文學筆調的另一種嘗試。

⑮煙火與噴泉

白靈 著

本書詳盡的評析了新詩的源起及演變、臺灣詩壇的今與昔，除介紹鄭愁予、葉維廉、羅青等當代名家的詩作及創作理念外，並給予初習新詩者的入門指引，值得想一探新詩領域的您細細研讀。

⑯七十浮跡

・生活體驗與思考

項退結 著

本書是作者一生所思所悟與生活體驗。從青年時米蘭求學，到「哲學之遺忘」的西德八年，再到主持《現代學苑》實踐對文化與思想的關懷，最後從事教學與學術研究的漫長人生歷程。雖是略帶有自傳性質，卻也反映了一個哲學人所代表的時代徵兆。

⑱情繫一環

梁錫華 著

寫作是件動腦動筆的事，使人保持身心熱切，而創造性的熱切是有助健康和留住青春的。本書作者以其悲天憫人的襟懷，寓理於文，冀望讀者會心處，除了青春、健康外，另有所得。

⑲遠山一抹

思果 著

本書是作者近二十年來有關文藝批評、中英文文學、語文、寫作研究的精心之作。作者學貫中西，探究深微，以精純的文字、獨到的見解，寫出篇篇字斟句酌、妙筆生花的佳作，令人百讀不厭。

⑳尋找希望的星空

呂大明 著

在人生的旅途中，處處是絕望的陷阱，但晚星的光芒是黎明的導航員，雨後的彩虹也會在遠方出現，絕望懸接著希望，超越絕望，希望的星空就呈現在眼前，願這本小書帶給您一片希望的星空……

㉑領養一株雲杉

黃文範 著

有人說，散文是作家的身分證，對譯人何嘗不是如此。本書是作者治譯之餘，跑出自囿於譯室門外自遣的心血結晶，涉獵範圍廣泛，文字洗練而富感情，展現作者另一種風貌，帶給讀者一份驚喜。

㉜浮世情懷

劉安諾　著

本書是作者以其所思、所感、所見、所聞，發而爲文的結集。作者才思敏捷，信手拈來，或詼諧、或雋永，皆屬上乘。在這匆遽忙碌的時代，不妨暫停一下，此書當能博君一粲。

㉝天涯長青

趙淑俠　著

文藝創作者身處他鄉異國，該如何面對因文化差異所帶來的困擾？本書所描寫的，是作者旅居異域多年的感觸、收穫和挫折。其中亦有生活上的小點滴，時而凝重、時而幽默，清晰的呈現出東西文化的異同風貌，讓讀者享受一場世界文化的大河之旅。

㉞文學札記

黃國彬　著

作者放眼不同的時空，深入淺出地探討文學的現象、趨勢，以至個別作家的風格，舉凡詩、散文、小說、文學評論等，都能道人所未道，言人所未言，把學問、識見、趣味共冶於一爐，堪稱文學評論集的佳作。

國立中央圖書館出版品預行編目資料

現代文明的隱者／周陽山著. --初版--
臺北市：三民，民83
面；　公分. -- (三民叢刊；74)
ISBN 957-14-2060-3 (平裝)

1. 文學-論文，講詞等　2. 藝術-論文，講詞等　3. 電影-論文，講詞等

810.7　　83002673

著作人　周陽山
發行人　劉振強
著作財產權人　三民書局股份有限公司
印刷所　三民書局股份有限公司
復興店／臺北市復興北路三八六號
重慶店／臺北市重慶南路一段六十一號
郵　撥／〇〇〇九九九八──五號
初　版　中華民國八十三年五月
編　號　S 85256
基本定價　叄元叄角叄分
行政院新聞局登記證局版臺業字第〇二〇〇號

ISBN 957-14-2060-3 (平裝)